Stefan Slupetzky

Im Netz des Lemming

Kriminalroman

Stefan Slupetzky

Im Netz des Lemming

1

„Hast du den armen kleinen Kauz gesehen?“

„Wen meinst du?“ Klara wirft den Ärztemantel auf die Küchenbank und schraubt die silberne Kaffeemaschine auf. „Ich hab zwar einen Papagei und eine Eule unter meinen Patienten, aber keinen Kauz.“

Der Lemming lässt die Zeitung sinken. „Na, den neuen Freund vom Ben.“ Er deutet Richtung Tür. „Der Kleine ist heut nach der Schule mit zu uns gekommen.“

„Schön. Und warum ist er arm?“, fragt Klara, während sie Kaffeepulver in die Maschine füllt.

„Na, erstens wegen ... Ach, du wirst schon sehen. Und zweitens wegen seines Namens. Wer tauft seinen Buben bitte *Loll*?“

„Bist du dir sicher? Loll?“

„Natürlich bin ich sicher. Jedenfalls hat er sich so genannt, und auch der Ben hat immer Loll zu ihm gesagt. Das ist mein Vater, Loll, schau her, Loll, gehen wir in mein Zimmer, Loll ... Ich hab zuerst gedacht, es ist ein Spitzname, nur woher soll der kommen? Von Lolitus?“

Klaras Lachen ähnelt einem hellen Glockenklang. Sie wendet sich zum Lemming um und sieht ihn an. „Du glaubst das wirklich, oder?“

„Was?“

„Na, dass der Kleine Loll heißt.“

„Warum soll ich es nicht glauben?“

Klara neigt den Kopf zur Seite. „Manchmal könnt ich mich in dich verlieben, Poldi“, meint sie mit glänzenden Augen.

„Danke. Ganz besonders für den Konjunktiv. Sag, steh ich auf der Leitung oder hab ich was verpasst?“

„Nicht viel. Nur dreißig Jahre Internet, den Vormarsch der sozialen Medien und den untrennbar damit verbundenen Wortschatz unseres Sohnes.“

„Mama, dürfen wir was Süßes?“ Benjamin schiebt seinen strubbeligen Haarschopf durch die Küchentür, und hinter ihm erscheint ein weiterer Kopf, dessen Gesicht in schmerzhaftem Kontrast zu seinen engelsgleichen blondgelockten Haaren steht: unter der niedrigen, zurückweichenden Stirn zwei große blaue Augen, zwischen diesen eine kleine knubbelige Nase und darunter eine tiefe, dunkelrote Narbe in der Oberlippe – eine so genannte Hasenscharte. Beiderseits des Einschnitts wölben sich die Lippenflügel prall nach außen, so, als steckten große Erbsen oder kleine Weinbeeren darunter.

„Sicher dürft ihr etwas Süßes“, lächelt Klara. „Aber nur, wenn du mir vorher deinen Freund vorstellst. Ich bin Bens Mutter“, wendet sie sich an den Blondschopf. „Allerdings heiß ich nicht wie der Ben. Nicht Wallisch, sondern Breitner. Klara Breitner.“

„Lol“, antwortet Loll.

„Lol, Digga“, kichert Ben. „Gib Check, Digga!“

„Okay ... Ich glaube, ihr wollt doch nichts Süßes.“ Klara zuckt die Achseln und stellt die Kaffeemaschine auf den Herd, während die Buben halb erstaunte, halb bestürzte Blicke wechseln.

„Wetehaa“, raunt Ben.

„Entschuldigung“, gibt Loll sich endlich einen Ruck. „Ich heiße Mario. Mario Rampersberg.“

Der Lemming ist bis jetzt mit offenem Mund und großen Augen dagesessen. Er hat eindeutig etwas verpasst. Als hätte man ihn in der Blüte seiner Jugend eingefroren und erst dreißig Jahre später wieder aufgetaut. Jetzt aber horcht er auf.

„So wie der Regisseur?“, fragt er. „Kurt Rampersberg? Bist du mit ihm verwandt?“

Der Kleine nickt. „Mein Vater.“

Nur mit Mühe kann der Lemming sich den Kommentar verkneifen, der ihm auf der Zunge liegt. Du armer kleiner Kauz, denkt er im Stillen ...

Kurt Rampersberg war bis vor Kurzem einer jener Regisseure, deren Filme es nur selten in die Kinos schaffen und, wenn überhaupt, dann erst zu nachtschlafender Zeit im Fernsehen laufen. Seine Dokumentationen waren weder pornografisch noch politisch, sondern bestenfalls poetisch: stille, unscheinbare Kieselsteine unter all den schillernden Juwelen der Filmkunst. Aber eben Steine ohne das Gefunkel elitärer Wichtigtuerei. Sie trugen Titel wie *Die Hütehüter – über den Verein zur Pflege der Tiroler Hutkultur* oder *Gemustert ausgemustert – wenn Soldaten Rentner werden.* Cineasten älteren Semesters mag der Filmemacher ein Begriff gewesen sein, doch war er meilenweit von dem entfernt, was man als prominent bezeichnet. Dann aber, vor knapp zwei Jahren, ist die Tragödie passiert: Rampersbergs Frau – Marios Mutter – ist an einem Sommerabend auf dem Heimweg überfallen, mit Fausthieben traktiert und vergewaltigt worden. Tags darauf ist sie im Krankenhaus ihren Verletzungen erlegen.

Dass die Zeitungen sehr ausführlich über den Fall berichteten, lag weniger am medialen Sommerloch als an der Grausamkeit der Tat und an der Herkunft des

Verbrechers: Milad H., ein junger Flüchtling aus Afghanistan, der über den Iran und die Türkei in die EU gekommen war.

Die Diskussion über die kulturelle Unvereinbarkeit von Islam und Christentum, von Orient und Okzident flammte von Neuem auf, und während immer lauter rigorose Maßnahmen zur Eindämmung des Flüchtlingsstroms gefordert wurden, führten nur noch wenige den Wert der Nächstenliebe und Barmherzigkeit ins Treffen. Wie auch immer man zu dieser Frage stehen mochte: Die brutale Tat bewegte alle Österreicher, alle trauerten mit Rampersberg, das ganze Land stand hinter ihm. Geteilt waren nur die Ansichten darüber, wie die Politik auf das Verbrechen reagieren sollte.

„O Em Dschi!", stört Ben die Gedanken des Lemming. „Echt? Dein Vater ist ein Filmemacher?"

„Ja", sagt Mario mit einem Achselzucken. Er wirkt nicht gerade stolz, das Thema scheint ihm Unbehagen zu bereiten. Fast erleichtert horcht er auf, als ein Geräusch aus seiner Hosentasche dringt: der Klang einer elektrischen Gitarre, die die ersten beiden Takte von *Smoke on the Water* intoniert.

„Was geht?", fragt Ben.

Mario zieht ein Smartphone aus der Tasche. Er wischt einen nicht vorhandenen Schmutzfleck vom Display und lauscht ein paar Sekunden lang mit unverhohlener Unlust in den Hörer. „Jetzt schon?", sagt er. „Ja, okay, wenn's sein muss." Dann steckt er das Handy wieder weg. „Mein Dad. Ich muss jetzt heimfahren."

„Junge! Chill dein Leben!", zetert Ben. „Was ist jetzt mit was Süßem?"

„Wenn du magst, geb ich dir etwas mit", meint Klara und zieht eine Lade auf. „Als Marschverpflegung."

„Marschverpflegung“, brummt der Lemming. „So, als ob er nach ... nach Russland müsste.“ Und weil ihm inzwischen dämmert, was der eine oder andere exotische Begriff der beiden Buben zu bedeuten hat, fügt er ein dezidiertes „Loll!“ hinzu.

„Voll episch!“, nickt Ben anerkennend. „Alles klar!“

„Wo wohnst du, Mario?“, fragt Klara, während sie dem Kleinen einen Schokoladenriegel hinhält.

„Gleich beim Zoo. In der Maxingstraße.“

„Echt? Da haben wir ja denselben Weg.“ Der Lemming schaut zur Küchenuhr. „Ich muss jetzt sowieso auch aufbrechen.“

„Mein Dad ist nämlich so was wie ein Cop“, fügt Ben hinzu. „Im Tiergarten.“

„Damit dort in der Nacht kein Elefant gestohlen wird“, grinst der Lemming.

Mario betrachtet ihn mit ernster Miene. „Lol“, sagt er dann leise.

Eine Viertelstunde später sitzen sie nebeneinander in der Straßenbahn, der fünfundfünfzigjährige ergraute Nachtwächter Leopold Wallisch und der elfjährige blonde Schüler Mario Rampersberg. Vor ihnen liegen zwölf Stationen: eine halbe Stunde Reisezeit, die mit Gesprächen überbrückt sein will, wenn sie sich nicht in jenem bleischweren, betretenen Schweigen festfahren soll, das man aus Aufzügen und Wartezimmern kennt. Im Wagen sitzen auch noch andere Fahrgäste, die meisten spielen mit ihren Smartphones, manche mustern Mario mit verstohlen-mitleidigen Blicken. Nur ein alter Mann mit einem grünen Trachtenhut starrt den Lemming vorwurfsvoll an. Wahrscheinlich hält er ihn für Marios Vater und gibt ihm die Schuld an dessen schlecht vernarbter Lippenspalte. Vielleicht ist er aber auch der

Meinung, dass Missbildungen in Straßenbahnen nichts zu suchen haben – so wie übrigens auch Kinderlachen, Obdachlose, Ausländer und Schwule.

„Gehst du mit dem Ben in eine Klasse?", fragt der Lemming.

„Nein."

„Aha. Ich dachte ... Aber in dieselbe Schule?"

„Ja."

„Bist du schon in der Dritten?"

„Nein."

„Auch in der Zweiten?"

„Ja."

„Das heißt, ihr geht in Parallelklassen?"

Der Kleine nickt, ohne den Lemming anzusehen. Beinah entschuldigend senkt er den Kopf und sagt: „In meiner Klasse hab ich keine Freunde. Und der Ben ... Ich find ihn nett. Er schämt sich nicht, mit mir zu reden."

Unversehens steigen dem Lemming Tränen in die Augen. Nicht nur, weil ihm Mario so leidtut, sondern auch, weil er so stolz auf Ben ist. „Warum soll er sich denn schämen?", fragt er mit belegter Stimme, und am liebsten würde er den kleinen blonden Buben in den Arm nehmen, um ihn zu halten und zu trösten.

„Schauen Sie mich doch an. Ich bin ein Freak."

„Das bist du nicht. Wie kommst du denn auf die Idee?"

„Ich schaue aus wie die totale Missgeburt. Wie eine Strafe Gottes. Wahrscheinlich hat der Araber meine Mama deshalb umgebracht."

Der Lemming klappt den Mund ein paar Mal auf und zu, ihm bleibt die Sprache weg. Woher um alles in der Welt hat Mario dieses selbstzerstörerische Denken? Wie um seine stummen Mundbewegungen zu untermalen, schallt plötzlich ein Geräusch durch den Wagen: das Quaken eines Froschs. Marios Handy.

„*Jabberpal.*“ Der Kleine wischt über das Display, malt ein großes *M* darauf, um es zu entsperren, und liest dann eine Nachricht. Gegenüber stößt der Alte mit dem Trachtenhut ein indigniertes Räuspern aus. Der Lemming kramt in seiner Jackentasche, bis er findet, was er sucht: ein Päckchen Malzbonbons.

„Wollen Sie ein Hustenzuckerl?“ Herausfordernd hält er dem Mann die Schachtel hin. Der Alte tut, als habe er es nicht bemerkt; er rümpft die Nase, dreht sich weg und schließt die Augen.

„*Jabberpal*?“, wendet der Lemming sich jetzt wieder Mario zu. „Was ist das?“

„Eine Plattform.“

„Ah ... Und wofür braucht man das?“

„Zum Posten und zum Chatten. Es ist ein soziales Netzwerk.“

„Ah ... Und wofür ist das gut?“

Zum ersten Mal, seit sie vor einer Viertelstunde aufgebrochen sind, schenkt Mario dem Lemming einen Blick. Einen verblüfften, ungläubigen Blick. „Im Ernst jetzt? Lol. Sie wissen nicht, was ein soziales Netzwerk ist?“

„Na ja, ein bisserl hab ich schon davon gehört: Da treffen sich verschiedene Leute im Computer und erzählen sich, was sie gerade frühstücken oder wo sie auf Urlaub waren.“

„So zirka.“ Mario wiegt den Kopf. „Das Schöne ist, man kann dort unter einem ausgedachten Namen mit den anderen reden, ohne dass sie wissen, wie man ausschaut oder wie man heißt.“

„Da reden also Fantasiefiguren miteinander?“

„Meistens schon. Ich hab dort fast nur Freunde, die mich gar nicht kennen. Nur der Ben und zwei, drei andere wissen, wer ich wirklich bin ...“

„Der Ben ist auch auf dieser Dings, auf dieser Plattform?“

„Sicher.“

Klara, denkt der Lemming jetzt bestürzt, hat vorhin untertrieben: Er hat nicht nur die Entwicklung des Internets verpasst, sondern auch die Entwicklung seines Sohnes. Benjamin, der gestern noch auf allen vieren gekrabbelt ist, tanzt heute schon auf virtuellen Plattformen, die er, der Lemming, nie betreten hat. Wenn er den Anschluss nicht verpassen, das Verständnis für Bens Lebenswelten nicht verlieren will, muss er handeln, und er darf das nicht erst morgen tun.

„Ich glaub, ich könnt noch manches von dir lernen“, lächelt er Mario zu. „Magst du mir zeigen, wie das funktioniert mit diesem Netzwerk?“

Marios Physiognomie mag ja vielleicht der eines Hasen ähneln, aber seine Reaktion gleicht eher der eines bedrohten Igels. Eines Igels, der sich flugs zusammenrollt und seine Stacheln aufstellt.

„Sie müssen nicht nett zu mir sein, nur weil ich hässlich bin!“

Der Kleine spuckt die Worte aus wie etwas Bitteres, das einem auf der Zunge liegt; der Lemming aber sitzt schon wieder sprachlos da und ringt die Hände, hin- und hergerissen zwischen Mitleid und Verärgerung. Wie kann er diesem Kind nur seinen Selbsthass nehmen, seine Frustration und seine barsche Art der Selbstzerfleischung? Wie um Himmels willen kommt Ben mit Marios Zurückweisung zurecht, sobald er ihn als Freund behandelt? Oder spielt sich die Kommunikation zwischen den beiden ohnehin vollkommen anders ab? Im Loll- und Wetehaa- und Digga-Universum?

Trost, so überlegt der Lemming, nährt sich immer aus sich selbst: Es geht nicht um die Sachlichkeit und

Logik mitfühlender, ermutigender Worte, sondern um den Akt des Tröstens an sich. Darum, dass da jemand ist, der Anteil nimmt. Der einem Hoffnung geben will. So wie ja auch der Sinn des Lebens einzig und allein das Leben selbst ist. Aber das Misstrauen, das Mario der Welt entgegenbringt, macht es der Welt nicht leicht, ihm einen Platz zu bieten, ihn mit offenen Armen aufzunehmen. Kurz gesagt: Er steckt in einem Teufelskreis, den nur ein Außenstehender durchbrechen kann.

„Weißt du, dass ich vor vielen Jahren wirklich bei der Polizei gewesen bin?", versucht der Lemming es erneut. „Sogar ein Krimineser? Und dass man mich hochkant rausgeworfen hat? Ich sag dir auch, warum: Weil ich zu den Verbrechern netter war als zu mir selbst. Weil ich erst lernen musste, auf mich achtzugeben und mir selbst ein Freund zu sein ..."

„Mich würden sie erst gar nicht nehmen bei der Polizei", fällt Mario ihm ins Wort. „Ich meine, Bullen haben keine Hasenscharten."

„Stimmt doch gar nicht. Nimm zum Beispiel diesen coolen Typen aus den Achtzigern, wie hat der noch geheißen ... Hammer, ja, Mike Hammer! Der war sogar Fernsehdetektiv! Okay, er hatte einen Schnurrbart, aber ..."

„Nie im Leben", unterbricht ihn Mario, „bringt mich irgendwer zum Film – mit oder ohne Bart. Ich lass mich doch nicht fertigmachen wie mein Papa ... Darf ich?" Er zeigt auf die Malzbonbons.

„Ja, sicher."

Mario bedient sich, und er steckt sich das Bonbon gerade in den Mund, als wieder das groteske Quaken seines virtuellen Froschs ertönt. Sofort zieht er das Smartphone aus der Tasche.

Mittlerweile fahren sie am Bett des Wienflusses entlang, in dem – neben dem in Beton gezwängten und zum Rinnsal regulierten Fluss – die Gleise der U4 verlaufen. Links vor ihnen spannt sich die Kennedybrücke über Fluss und U-Bahngleise, dort befindet sich auch eine Straßenbahnstation, die vorletzte vor dem von Mario und dem Lemming anvisierten Reiseziel. Schon geht die Tramway in die Kurve.

„*Jabberpal*?" Der Lemming lächelt Mario zu.

Der Kleine aber lächelt nicht zurück. Den Kopf nach vorn geneigt, starrt er das Handydisplay an. Ein Display, dessen grüner Schimmer sich wie eine jähe Übelkeit auf Marios Gesicht legt, sich in seinen Augen widerspiegelt.

Feuchte Augen.

„Ich muss raus." Der Bub springt auf und stürzt zur Tür, gerade als die Straßenbahn in die Station einfährt. Bevor der Lemming reagieren kann, öffnet sich die Falttür, und Mario springt ins Freie.

„Warte!" Auch der Lemming ist jetzt aufgesprungen, um dem Kleinen nachzulaufen. Fluchend zwängt er sich durch die schon wieder zuklappende Tür, fünf Meter hinter Mario, der die Straße überquert und auf das eiserne Brückengeländer zusteuert, ohne auf den Verkehr zu achten. Bremsen quietschen, Autos hupen, Fäuste ballen sich hinter Wagenfenstern. Mario läuft einfach weiter. Läuft auf das Geländer zu.

„Bleib stehen!" Der Schrecken steht dem Lemming ins Gesicht geschrieben; wie der Trailer eines Films spielt sich das Kommende vor seinem inneren Auge ab. Nur dass der Bub in seiner Tagtraum-Fantasie nicht Mario ist, sondern Benjamin. Sein Sohn, das Zentrum seines Lebens. Ben.

Der Schrecken wird zum Grauen, das Hämmern seines Herzens sprengt ihm fast die Brust. „Herrgott, so bleib doch stehen!“ Mit einem Hechtsprung weicht der Lemming einem Motorroller aus, rennt weiter. Fast hat er den Buben, der gerade auf die Brüstung klettert, eingeholt. Er schnellt nach vorn, mit ausgestrecktem Arm, erfasst den Ranzen, der auf Marios Rücken hängt, greift mit der Rechten nach und krallt die Hand in Marios Jackenkragen.

Doch der Kleine ist bereits gesprungen. Schon sackt er nach unten, bis der Klammergriff des Lemming ihn zum Stillstand kommen lässt. Jetzt hängt er stumm in seinen Jackenärmeln, acht Meter über den U-Bahngleisen, und der Lemming hakt sein rechtes Bein in eine Strebe des Geländers, um das Gleichgewicht nicht zu verlieren. Er wird nicht loslassen, wird seinen Griff nicht lockern. Nicht in diesem Leben.

„Hilf mir, Mario ...“, ächzt er. „Halt dich vorne an den Rucksackgurten fest ... Wir schaffen das, wir beide ...“

„Lol“, sagt Mario und hebt die Arme.

Wie ein Windhauch klingt es, als er aus den Ärmeln schlüpft. Dann fällt er, und dem Windhauch folgt das dumpfe Poltern seines Kinderkörpers, der gegen die Windschutzscheibe einer einfahrenden U-Bahn schlägt.

2

Diese bleierne Müdigkeit. Als wäre man von Kopf bis Fuß in eine schwere Steppdecke gehüllt. Und trotzdem diese Kälte in den Gliedern. Vor dem weitläufigen Wolfsgehege flattern Fledermäuse durch die Dunkelheit: Es gibt hier auch ein Leben außerhalb der Käfige und Volieren, ein freies, wildes Leben.

Sternenklar spannt sich der Nachthimmel über den Zoo. Der Lemming sitzt auf einer der Besucherbänke, um die letzten Stunden noch einmal Revue passieren zu lassen. Fast fünf Stunden, um genau zu sein.

Am Anfang war es völlig leer in seinem Kopf. Er ist nur dagestanden, Marios Rucksack, Marios Jacke in den Händen, und hat über das Geländer auf den Gleiskörper gestarrt. Da unten war es ruhig, so ruhig, als hätte irgendein verrückter Gott die Uhren angehalten. Dann der erste eigentümliche Gedanke: Wenn die Zeit stillstehen kann, muss man sie doch auch zurückdrehen können. Und der zweite: Wie wird Ben diese Tragödie verkraften ...

Nach gefühlten fünf Sekunden sind auch schon die Einsatzwägen eingetroffen. Unten auf den Gleisen weiße Rettungssanitäter, oben auf der Brücke blaue Polizisten. Doch die Sanitäter haben bald den dunkelgrauen Herren von der Bestattung Platz gemacht.

„Haben Sie was mitbekommen?" Eine junge Polizistin hat den Lemming fragend angesehen. Auf sein stummes Nicken hin hat sie den Blick gesenkt und Marios Schultasche gemustert. „Ist das Ihre?“

Sie hat ihm den Ranzen abgenommen, Marios rote Jacke aber schlichtweg übersehen. Ihm selbst ist auch nicht in den Sinn gekommen, sie der Polizei zu übergeben, schließlich hatte er sich ja noch kurz davor geschworen, sie nicht loszulassen. Stunden später erst, bei seinem Eintreffen im Tiergarten, hat er die Jacke auf die Kleiderablage im Wächterhaus gehängt.

Ja, er ist arbeiten gegangen, hat sich – zwar verspätet, aber doch – zu seinem Nachtdienst in Schönbrunn gemeldet. Nur nicht heimfahren, nur nicht dahin, wo am späten Nachmittag alles begonnen hat. Stattdessen einfach nur allein sein mit sich und dem nachtschwarzen Zoo, den verschlafenen Urwald durchstreifen, der das Dickicht seiner wild mäandernden Gedanken widerspiegelt.

In der Finsternis des Wolfsgeheges glimmen gelbe Augenpaare auf, um nach Sekundenbruchteilen wieder zu verlöschen.

Marios Vater. Wer wird es ihm sagen? Wahrscheinlich hat ihn die Polizei schon informiert. Das Elend dieses Mannes ist nicht vorstellbar, so einen Schmerz kann doch kein Mensch aus Fleisch und Blut ertragen: Vor drei Jahren hat er auf die brutalste Art die Frau verloren, und jetzt ... Wie soll man jemals wieder froh werden, wenn einem so etwas geschieht? Wie soll man überhaupt noch weiterleben, essen, schlafen, atmen können, Tag für Tag gefangen in der eigenen zerstörten Existenz?

Der Lemming denkt an Ben und Klara, und er stellt sich vor, das Schicksal Rampersbergs hätte ihn selbst ereilt. Die Vorstellung zerreißt ihn förmlich. Er schluchzt auf, schlägt sich die Hände vors Gesicht. Er beugt sich vor, den Kopf noch immer in den Händen, und weint stumm. Erst als die Tränen nach und nach versiegen, mischt sich eine Spur von Dankbarkeit in seine Trauer. Dankbarkeit dafür, dass er ein besseres Los gezogen hat als Marios Vater, Dankbarkeit für diese große Ungerechtigkeit des Schicksals. Und obwohl er sich für seine Regung schämt, so ist es dennoch eine Scham, mit der er besser leben kann als mit dem Tod seiner Familie.

Marios Tod wirft seinen Schatten trotzdem auch auf sie.

Wie soll ich es nur Ben erklären, überlegt der Lemming. Auf dem Herweg hat er Klara angerufen, lange haben sie gesprochen und am Schluss entschieden, Ben am nächsten Tag nicht in die Schule gehen zu lassen. Wenn der Lemming morgen heimkommt, werden sie versuchen, ihrem Sohn den Selbstmord seines Freundes schonend beizubringen.

Von Südwesten her ertönt mit einem Mal ein heiserer Ruf, gefolgt von einem harten Klappern. Dort steht die Voliere der Habichtskäuze, die einander so vor Eindringlingen warnen. Vielleicht streift ein Marder durch den Wald.

Warum hat Mario das getan? Der Lemming ruft sich die Straßenbahnfahrt in Erinnerung, Marios seltsames, teils Nähe suchendes, teils schnippisches Verhalten, seinen Hang zur Selbsterniedrigung. Hat ihn der Mord an seiner Mutter so gebrochen? Oder war sein angeknackstes Selbstbewusstsein wirklich nur die Folge seiner Oberlippenspalte?

Wieder dieses klappernde Geräusch. Dann, aus der Richtung des Regenwaldhauses, wo sich die Teiche des Freilandaquariums befinden, ein sonores Quaken: Es herrscht Laichzeit bei den Springfröschen.

Ein Quaken? Hat die Katastrophe denn nicht überhaupt erst mit dem unseligen Quaken von Marios Handy angefangen? Er hat eine Mitteilung bekommen, und in dieser Nachricht muss etwas gestanden sein, das ihn – im wahrsten Sinn des Wortes – aus der Bahn geworfen hat. Aber das Handy liegt jetzt wohl zerschmettert auf den Schwellen der U4.

Die Habichtskäuze spielen heute Nacht verrückt. Schon wieder dieser heisere Warnruf, dieses Schnabelklappern. Seufzend steht der Lemming auf; er kann den nachtwachenden Käuzen schließlich nicht die ganze Arbeit überlassen. Dienst ist Dienst.

Er steigt den Waldweg zum Tirolerhof bergan. Das Mondlicht bricht nur hin und wieder durch die Baumkronen; die Taschenlampe hat er wie so oft im Wächterhaus vergessen. Achtsam setzt er Schritt vor Schritt, nach einer Weile aber bleibt er stehen und lauscht. Tatsächlich: Er vernimmt ein leises Scharren, ein Scharren wie von Pfoten oder Hufen auf dem trockenen Boden. Ehe er weiß, wie ihm geschieht, kommt aus der Dunkelheit ein Schatten auf ihn zu, ein breiter, untersetzter Schatten, ja ein Schatten wie ... von einem Bären.

Jetzt nur keinen Fehler machen: keine Drohgebärden, keine hastigen Bewegungen, vor allem keine Furcht zeigen, ganz ruhig bleiben und nicht davonlaufen. Der Angstschweiß bricht dem Lemming aus den Poren.

Immer näher kommt der Schatten, trottet direkt auf ihn zu. Vielleicht hat ihn das Tier ja überhaupt noch nicht bemerkt; erst vor zwei Monaten hat Klara ihm erzählt, dass Bären zwar einen vortrefflichen Geruchssinn haben, aber keine guten Augen. Noch acht Meter, noch sechs, dann nur noch vier ... Der Lemming richtet sich zu seiner vollen Größe auf. Er breitet ruckartig die Arme aus und brüllt, so laut er kann: „Geh scheißen, Bär!“

Der Schatten zuckt so jäh zurück, dass er ins Straucheln kommt; mit einem heiseren Schrei stürzt er zu Boden.

Ein Moment der Stille. Dann eine erboste Männerstimme: „Sagen S', Wallisch, sind Sie völlig wahnsinnig geworden? Um ein Haar hätt mich der Schlag getroffen!" Fluchend rappelt sich der Schatten hoch, um sich den Staub von seinem Tweed-Sakko zu wischen.

„Chefinspektor?", fragt der Lemming. „Chefinspektor Polivka?"

„Wer sonst? Sie werden doch wohl nicht wirklich einen Bären erwartet haben."

„Nein, natürlich nicht. Mit Ihnen hab ich trotzdem nicht gerechnet. Wie sind Sie denn überhaupt ins Tiergartengelände reingekommen?"

Polivka schnaubt halb belustigt, halb gelangweilt auf. „Ich bin ein Krimineser, Wallisch. Schon vergessen?"

Nein, natürlich hat der Lemming nicht vergessen, dass der gute Polivka Ermittler bei der Kriminalabteilung für Gewaltverbrechen ist. Erst vor zwei Jahren haben sie mit vereinten Kräften eine Mehrfachmörderin verfolgt, der Lemming, weil ihn Klaras Neffe dazu überredet hat, und Polivka, weil er vom Lemming in die Sache mit hineingezogen wurde. Dass die beiden Männer wider Willen eine gewisse Sympathie verbindet, findet ab und zu in der gemeinsamen inbrünstigen Vernichtung alkoholischer Getränke seinen Niederschlag. Wenn sie einander dann in fortgeschrittenem Stadium das eine oder andere persönliche Geheimnis anvertrauen, tun sie das aber nach wie vor mit einem distanzierten *Sie*. Das Duzen ist und bleibt tabu.

Verwunderlich nur, dass der Chefinspektor relativ gemäßigt auf den Schrecken reagiert, den ihm der Lemming eingejagt hat. Denn im Grunde passt das gar nicht zu seiner cholerischen und nachtragenden Art. Mag sein, dass ihm sein klammheimliches Eindringen ins Zooterrain auf dem Gewissen lastet. Oder dass er schlichtweg aus der Übung ist: Seit seine Frau Mama mit seinem Vorgesetzten Oberst Schröck ein Techtelmechtel angefangen hat, scheint Polivka nur noch sporadisch mit der alten Frau zu streiten. Nicht, dass er die Liaison goutieren würde, aber wenn er nach der Arbeit heimkommt und die Mutter wieder einmal ausgeflogen ist, fehlt schlicht der Anlass für Zerwürfnisse. Ja, Polivka wohnt immer noch in seinem Elternhaus: Statt eine eigene Wohnung anzuschaffen, steckt er seinen Lohn lieber in Flugtickets nach Frankreich, wo Sophie lebt, seine Herzensdame, seine gallische Geliebte, seine *Gauloise*.

„Jetzt sagen Sie schon, Chefinspektor, was führt Sie zu nachtschlafender Stunde in den Tiergarten?"

„Wir müssen reden, Wallisch."

„Und worüber?"

„Kommen Sie."

Polivka zieht den Lemming Richtung Elefantenpark, hinter dem sich der Wirtschaftshof, die Flugvolieren und das Wächterhaus befinden. Allerdings ist dieses Wächterhaus vor ein paar Jahren zur Sicherheitszentrale hochgerüstet worden: Auf sechs Monitoren flackern Bilder der unzähligen am Tiergartengelände installierten Überwachungskameras. Der Lemming müsste also gar nicht mehr hinaus, er könnte sich bei seinen Nachtdiensten auf virtuelle Rundgänge beschränken.

Nachdenklich betrachtet Polivka die Bildschirme und setzt sich auf ein kleines, abgewetztes Sofa, das neben dem Schaltpult steht. „Okay", sagt er, ohne den Lemming anzusehen, „warum ich hergekommen bin, ist, sagen wir, ein bisserl eine heikle Angelegenheit ... Mit anderen Worten: Es gibt ein gehöriges Problem."

„Das wär ja ganz was Neues", antwortet der Lemming bitter. „Aber gut, erzählen Sie, mich kann heute ohnehin nichts mehr erschüttern."

Polivka atmet tief durch und räuspert sich. „Es ist da vorhin eine Sache bei uns reingekommen, der ich nachgehen muss. Ein Mordfall, noch dazu ein ausgesprochen ungustiöser. Heut am Nachmittag hat sich im Zehner, also in der Straßenbahn, ein älterer Mann an einen elfjährigen Schulbuben herangemacht. Hat sich laut einer Zeugenaussage schon drüben in Ottakring im halbleeren Wagen zu ihm gesetzt, ihn angesprochen und ihm Zuckerln angeboten. Klassische Geschichte. Aber wie der Bub dann bei der Kennedybrücke aus der Tram gesprungen und vor ihm davongelaufen ist, ist er dem Kleinen nach. Er hat den Buben eingeholt, gepackt und über das Geländer auf das U-Bahngleis geworfen."

Mich kann heute ohnehin nichts mehr erschüttern ... Hat der Lemming das gerade noch gesagt? Jetzt steht er da, mit weichen Knien und einer Farbe im Gesicht, die jener der blassgrauen Bilder auf den Monitoren gleicht.

„Die Polizei hat Ihre Daten aufgenommen, Wallisch, also bin ich gleich hierhergekommen, noch bevor sich die Kollegen auf den Weg machen. Jetzt setzen Sie sich einmal hin, sonst klappen S' mir am Ende noch zusammen. Gut, und jetzt erzählen Sie: Wie hat sich die Sache abgespielt?"

Der Lemming tut es. Langsam, stockend kommen ihm die Worte aus dem Mund, es ist eine Tortur, sich mit der Schilderung des echten Grauens von falschen Vorhaltungen reinwaschen zu müssen. Polivka hört zu, mit ernster, konzentrierter Miene.

„Also hat der Kleine anscheinend auf eine Nachricht reagiert, die jemand ihm geschickt hat", brummt er schließlich. „Und wo ist jetzt dieses Handy?"

„Keine Ahnung. Hat die Spurensicherung es nicht gefunden? Unten auf den Schienen?"

„Nein“, meint Polivka und fügt dann stirnrunzelnd hinzu: „Sagen Sie, Wallisch, haben Sie das gerade auch gehört? Sind Ihnen vielleicht irgendwelche Frösche ausgekommen?“

„Frösche?“ Eben hat der Lemming wieder etwas Farbe angenommen, als er neuerlich erbleicht. Er starrt Polivka an, springt auf und läuft zur Kleiderablage, auf der das letzte Stück Erinnerung an ein kleines, unerfülltes Leben hängt: Marios rote Jacke.

In der rechten Außentasche steckt das Smartphone.

An Broodalkiller – privat
von Bowserzorn
14. Mai 2019, 21:55

Hey broodal, hast du meinen Dad gut abgeliefert? Schläfst du schon? Ich hab den Mama 77-Scheiß gerade erst gelesen: Omg, wie krank ist das denn! Aber denk an den SI-Kurs, lass dich nicht von so was unterkriegen!

Also dann bis morgen in der Schule, B

„Warum die Buben in dem Alter immer gar so martialisch sein müssen“, knurrt Polivka. „Ich meine: Broodalkiller, Bowserzorn ... Aber wahrscheinlich waren wir ja als Kinder auch so.“

„Wenn es nur die Kinder wären“, antwortet der Lemming. „Bowserzorn muss jedenfalls der Ben sein. Broodal, Bowser, das sind, glaub ich, Charaktere aus einem Computerspiel.“

„Aus *Super Mario*“, nickt der Chefinspektor – und errötet. „So was weiß man eben, wenn man nicht von gestern ist. Jetzt scrollen Sie endlich weiter, Wallisch.“

Was der Lemming ohnehin bereits getan hat. „Schauen Sie her: Dreiviertel sechs, das muss die Nachricht sein.“

An Broodalkiller – öffentlich
von Mama 77
14. Mai 2019, 17:43

Nur, damit ihr wisst, mit wem ihr es zu tun habt: „Broodalkiller“ ist kein anderer als die Hasenfratze Mario Rampersberg: das Krüppelkind des Asylanten-Propagandaregisseurs und selbst ernannten Gutmenschen Kurt Rampersberg. Die Islamistenfreunde seines Vaters haben dem kleinen Trottl vor zwei Jahren die Mutter totgefickt. Schon irgenwie gerecht, dass ihn der Alte jetzt allein am Hals hat. Teilt die Nachricht fleißig weiter!

Gefällt 9 Leuten
12 Mal geteilt

„Mein Gott“, flüstert Polivka, und dann, nach einer langen Zeit des Schweigens, noch einmal: „Mein Gott ...“

Der Lemming nickt nur stumm. Vor seinem inneren Auge erscheint Marios Gesicht, aus dem das Blut gewichen ist, seine entsetzten Augen – zu entsetzt zum Weinen. Ein paar kurze Zeilen haben seine Kinderseele ausgelöscht wie einen Wassertropfen, der auf einer heißen Herdplatte verdampft. Wie hätte denn der Bub diesen monströsen Angriff auch an sich abperlen lassen können? Nicht einmal den abgeklärtesten Erwachsenen ließe eine solche Nachricht kalt.

„Und dann auch noch ein öffentlicher Kommentar“, sagt Polivka, „damit ihn alle seine Freunde lesen können. Wer um Himmels willen tut so was, wem bringt das was, ein Kind fertigzumachen?“

„Eines, das an seinem Schicksal ohnehin schon schwer zu tragen hat“, ergänzt der Lemming. „Das Gesicht verunstaltet, die Mutter umgebracht, von seinen Schulkollegen ignoriert ... Was ich nur überhaupt nicht nachvollziehen kann, ist der Satz mit seinem Vater. Warum Asylanten-Propagandaregisseur und Islamistenfreunde?"

„Wissen Sie das nicht? Haben Sie noch nichts von seinem neuen Film gehört?" Der Chefinspektor seufzt und lässt sich wieder auf das Sofa sinken. „Dass Sie mit dem Internet nicht viel am Hut haben, weiß ich schon, seit wir uns kennen, Wallisch. Aber lesen Sie auch keine Zeitung?"

„Doch, aber ich schaff es manchmal nicht bis zum Kulturteil", antwortet der Lemming schuldbewusst. „Was ist mit diesem Film?"

„Der ist vor einer Woche in den Kinos angelaufen. Und anscheinend ist er völlig anders als die altbekannten Wald- und Wiesenfilme, die der Rampersberg davor gedreht hat. Schon allein der Titel: *Regen des Hasses, Traufe des Zorns*."

„Ein Spielfilm?"

„Eine Dokumentation. Es geht um einige Asylbewerber aus Afghanistan, um junge Männer, die nach Österreich geflohen sind."

„Ausgerechnet", wirft der Lemming ein.

„Ja, ausgerechnet. Jedenfalls, der Rampersberg begleitet sie auf ihren Wegen durch die Ämter und Behörden, filmt sie ohne große Kommentare auf der Straße und in ihren Unterkünften. Und jetzt kommt die Überraschung: Wenn man den Kritiken glauben darf, beschreibt er sie als ungebildete, zum Teil verrohte, aber auch allein gelassene, gedemütigte Menschen, junge Leute, deren Selbstwert eh schon angekratzt ist und die an der kalten Abneigung des saturierten Westens endgültig zerbrechen. Kurz gesagt, der Film bezieht eindeutig Stellung für die Flüchtlinge, und seine Botschaft lautet: Geht auf diese Menschen zu und kümmert euch um sie. Was dann der Rampersberg am Schluss auch selber tut. Er bietet einem der Afghanen vor der Kamera eine Unterkunft in seiner Wohnung an."

„Das ist ... erstaunlich, nach dem Mord an seiner Frau."

„Nach Meinung unserer Medien ist es nicht nur erstaunlich, sondern provokant und pietätlos. Deshalb haben sie in den Zeitungen auch mehr über den Geisteszustand vom Kurt Rampersberg geschrieben als über die Qualität des Films. Zum Beispiel in der *Reinen Wahrheit*, so in der Art ‚Warum bringt ein Mann, der seine Frau auf die abscheulichste, brutalste Art verloren hat, so viel Verständnis für gerade jene Menschengruppe auf, aus der der Täter kommt?' Und in dem rosafarbenen Blatt, Sie wissen schon ..."

„*Die Regel*", nickt der Lemming. „Nein, *Das Mittelmaß* ..."

„*Der Maßstab*, Wallisch." Polivka verdreht die Augen. „Dort haben sie einen Kommentar mit den sinnigen Worten *Rampersbergs Stockholm-Syndrom* übertitelt. Dann kommt noch das Internet dazu: Was sich seit ein paar Tagen in verschiedenen sozialen Netzwerken und Foren abspielt, können Sie sich gar nicht vorstellen. Eine Flut des Hasses, die sich da über den Rampersberg ergießt."

„Ein Scheißsturm."

„Was?"

„Ein Scheißsturm", insistiert der Lemming. „Den Begriff hab ich letzthin im Fernsehen aufgeschnappt."

„Ein Shitstorm, Wallisch. Aber abgesehen von der Bezeichnung trifft es das punktgenau."

„Wenn mir ein solcher Scheißsturm um die Ohren pfeifen tät, ich würd es nicht einmal bemerken. Das passiert doch alles nur im virtuellen Raum."

Polivka sieht den Lemming an. „So wie der Selbstmord eines elfjährigen Buben?"

Auf dem Schaltpult liegt Marios Handy im Schimmer der Bildschirme. Die beiden Männer betrachten es schweigend.

„Eigentlich“, murmelt der Lemming dann, „ist mir vollkommen wurscht, worum es in dem Film geht oder wen der Rampersberg in seiner Wohnung aufnimmt. Vielleicht hat er religiöse Gründe oder Freunde in Afghanistan, vielleicht haben er und seine Frau sich schon vor ihrem Tod für Asylanten engagiert. Vielleicht ist er auch einfach nur ein guter Mensch. Egal. Die Frage ist doch, was sein Sohn dafür kann. Und wer diesen unsäglichen Dreck geschrieben hat!“ So leise er am Anfang noch gesprochen hat, so laut kommen ihm jetzt die Worte aus dem Mund. Der Lemming hat sich warmgeredet, heißgeschimpft. Er ballt die Fäuste, seine Lippen zittern.

„Das“, sagt Polivka, „ist tatsächlich die Frage. Aber eines steht schon jetzt fest: nämlich, dass nicht Sie die Antwort darauf suchen werden, sondern ich.“

„Aber ...“

„Nichts aber, Wallisch. Oder muss ich Sie daran erinnern, dass man Sie vor zwanzig Jahren aus dem Polizeidienst rausgeschmissen hat? Sie bleiben hier und zählen in aller Ruhe Ihre Zebrastreifen oder Sie erschrecken Bären oder was Sie sonst so tun im Dienst, und ich geh auf die Jagd nach dieser Drecksau. Haben wir uns verstanden?“

„Wo wollen Sie beginnen?“, weicht der Lemming Polivka mit einer Gegenfrage aus.

„Begonnen hab ich schon. Bei Ihnen, Wallisch. Aber leider sind Sie keine heiße Spur. Ich muss also mit unserem IT-Experten reden ...“

„Ihrem was?“

„Unserem Internetversteher. Aber vorher werd ich noch dem Herrn einen Besuch abstatten, der Sie bei uns denunziert hat, und ihm für den Fall, dass er noch einmal meine Zeit vergeudet, ein paar Watschen antragen. Ist das in Ihrem Sinne?"

„Absolut, Herr Chefinspektor. Und ..." Der Lemming zögert.

„Was und?"

„Halten Sie mich auf dem Laufenden?"

„Damit Sie mir ins Handwerk pfuschen können?" Polivka steht auf. „Wir werden sehen. Es wird sich alles weisen, Wallisch."

3

Dass auf einen so verhängnisvollen Dienstag ein so katastrophaler Mittwoch folgen kann. Vom Regen in die Traufe, oder besser: von der Traufe in das Schlammbad. Ja, es ist ein Schlammbadmittwoch. Nicht einmal das Bier schmeckt heute auch nur halbwegs gut.

„Herr Ober, bringen S' mir ein Viertel Weißen!", ruft der Lemming grimmig.

„Zwei!", fügt Chefinspektor Polivka kein bisschen freundlicher hinzu.

Auch Polivka ist heute im Morast gelandet, und gemeinsam sitzen sie nun im weiträumigen Gastgarten des Café Polanski, um sich gegenseitig anzuschweigen und diversen alkoholischen Getränken zuzusprechen. Während sie auf ihre halb geleerten Seidel stieren und auf ihre Viertel warten, lässt der Lemming diesen, man kann es nicht anders sagen, Scheißtag innerlich Revue passieren.

Natürlich hat der Selbstmord seines Freundes Ben schockiert und bis ins Mark erschüttert, aber seine Tränen waren nicht nur der Traurigkeit geschuldet, sondern auch der Wut. In erster Linie der Wut auf jenen Unbekannten, mit dessen gehässigen Zeilen das Unglück seinen Lauf genommen hat, in zweiter der Wut auf den Lemming.

„Dieser Bulle, dieser Polivka, sagt Kusch zu dir, und du ziehst gleich den Schwanz ein!“, hat er seinen Vater angebrüllt. „Was ist, wenn einer mir oder der Mama so was antut? Wirst du dann auch nur herumsitzen und chillen? Mach doch etwas! Mach was, Papa!“

Und der Lemming hat tatsächlich was gemacht. So ruhig, wie es ihm möglich war, hat er die Hand über den Tisch gestreckt. „Dein Handy, Ben. Gib mir dein Telefon.“

„Machst du dich auf die Suche?“ Ben hat Hoffnung geschöpft. „Ich kann dir auch erklären, wie alles funktioniert, du weißt schon, *Jabberpal* und so.“ Mit einem flinken Griff hat er sein Smartphone aus dem Hosensack gezogen und dem Lemming in die Hand gedrückt.

Der aber hat es einfach eingesteckt. „Du kriegst es bald zurück“, hat er zum fassungslosen Ben gesagt. „Aber ich will nicht, dass du dich auf diesen Plattformen herumtreibst. Vorläufig zumindest.“

Neue Tränen. Und ein neuer Wutausbruch. Nach einer Weile ist der Lemming aufgestanden und hat langsam, Schritt für Schritt, den Tisch umrundet, um sich Ben – wie einem sehr gefährlichen oder sehr scheuen Tier – zu nähern. Endlich war er bei ihm und hat ihn ganz sanft an sich gezogen. Lange hat er Ben umarmt, und Ben, jetzt nur noch leise vor sich hin schluchzend, hat sich an ihn geklammert.

„Also gut“, hat ihm der Lemming irgendwann ins Ohr geflüstert. „Ich versuch es. Aber nur mit deiner Hilfe. Gut?“

Ben hat genickt, ohne den Lemming loszulassen.

„Weißt du, ob der Mario Feinde hatte? Jemand, der ihn abgrundtief gehasst hat? Der ihm Böses wollte?“

Anfangs ist es Ben noch schwergefallen zu sprechen, aber schon nach kurzer Zeit sind ihm die Worte nur so aus dem Mund gesprudelt.

„Feinde? Nein, nicht wirklich. Aber richtig mögen hat ihn auch keiner. Die meisten haben ihn gar nicht erst beachtet, und nur selten hat ihn wer gedisst ...“

„Gedisst?“

„Na, ihn sekkiert. Auf ihm herumgehackt. Der Mario war halt anders als die anderen, und wenn man dazugehören wollte, hat man sich nicht mit ihm abgegeben. Ganz normaler Schulalltag.“

„Und du?“

„Was ich?“

„Du hast dich mit ihm abgegeben.“

„Sicher. Er war eigentlich ganz nett, und außerdem hat er mir leidgetan.“

„Heißt das ...“, der Lemming hat den Satz nur zögerlich beendet, „dass du nicht dazugehörst?“

„Geh, Papa. Reden wir jetzt über mich oder den Mario?“

„Okay, okay. Ich will halt nicht, dass über dich auch so ein Dreck verbreitet wird. Du hast das doch gelesen.“

„Ja ...“ Bens Augen haben wieder feucht geglänzt.

„Du weißt aber nicht zufällig, wer diese Mama 77 ist?“

Ein Kopfschütteln. „Die ist in meinen Chats oder auf meiner Seite noch nie aufgetaucht.“

„Kann man denn rauskriegen, wer hinter so einem Alias steckt?“

„Nicht leicht. Es gibt Adressen, also Nummern, die man zugewiesen kriegt, wenn man im Internet herumsurft, postet oder etwas mailt. Es wissen aber nur die Telefonfirmen, wer wirklich welche Nummer hat.“

„Und dort kann man nicht fragen?“

„Fragen kostet nichts“, hat Ben geschmunzelt. „Das sagst du doch immer, Papa. Aber Antwort wirst du keine kriegen.“

„Ich verstehe: Datenschutz. Wahrscheinlich braucht man eine richterliche Anordnung. Aber woher hat diese

Mama 77 dann erfahren, dass der Mario unter dem Namen Broodalkiller postet?“

„Keine Ahnung. Eigentlich weiß das nur eine Handvoll Schüler, aber ich kann mir nicht vorstellen, dass von denen einer diesen Scheiß herumgepostet hat. Ich weiß da aber wen, der sich in diesen Sachen besser auskennt.“

„Ach, und wen?“

„Die ersten Klassen haben vor einer Woche einen Kurs gehabt, da war so eine Frau, Georgette hat die geheißen, die hat uns erklärt, worauf man achten muss im Internet, wo die Gefahren sind und so weiter.“

„Dann war das dieser SI-Kurs, über den du auch dem Mario geschrieben hast?“

„Genau. SI heißt *Sicheres Internet*. Der neue Mathelehrer, der Professor Zotti, hat das arrangiert und die Georgette zu uns gebracht; den kann ich nach der Nummer fragen.“

„Mach das. Aber jetzt ...“

„Bekomm ich jetzt mein Handy wieder?“

„Nein, Ben, nicht sofort.“

„Das ist so ungerecht!“, hat Ben gebrüllt, und wieder sind ihm dicke Tränen über das Gesicht gelaufen.

In diesem Moment hat Klara die Küche betreten, und sie hat natürlich angenommen, dass sich Bens Gebrüll auf Marios Tod bezieht. „Ja, ungerecht, das ist es. Aber leider gibt es nicht nur gute Menschen auf der Welt, mein Schatz. Und vor den bösen sollte man versuchen sich zu schützen.“

„Gut! Dann sag mir doch, wie ich mich vor dem Papa schützen soll!“ Ohne die Antwort abzuwarten, ist Ben aus der Tür gestürzt.

„Was hat er denn? Ich meine, außer ...“ Klara ist verstummt und hat erstaunt den Kopf geschüttelt.

„Jedenfalls kein Handy mehr.“

„Du hast es ihm ...?“

„Ich hab's ihm weggenommen. Vorläufig."

„Vielleicht ist es ja besser so", hat Klara – wenn auch erst nach einer Weile – nachdenklich gesagt. „Du, Poldi, etwas anderes: Hast du eine Ahnung, ob gerade irgendwelche Staatsbesuche oder gröbere Verkehrsstaus sind?"

„Nicht dass ich wüsste. Warum fragst du?"

„Weil mir heut die Patienten wegbleiben. Sogar die angemeldeten. Bis jetzt war nur der alte Kunz mit seinem Dackel da."

„Das ist ja seltsam."

Seltsam, ja, das war es. Seltsam und beunruhigend, mit anderen Worten: diesem Schlammbadmittwoch durchaus angemessen. So wie auch der Anruf, den der Lemming kurz darauf erhalten hat. Am anderen Ende Doktor Stropek, Chef der Personalabteilung des Schönbrunner Tiergartens. Obwohl prinzipiell ein Freund der Höflichkeit, hat Stropek nicht einmal gegrüßt.

„Hören S' mir jetzt gut zu, und keine Widerworte, Wallisch!", hat er das Gespräch eröffnet, und mit diesem Satz nahm er den monologischen Charakter des Gesprächs vorweg. „Wissen Sie, Wallisch, vieles, wirklich vieles hab ich Ihnen durchgehen lassen in den ganzen Jahren, ich sag nur: aufgehängte Pinguine! Aber was Sie sich da jetzt geleistet haben, also das geht ja nun gar nicht, Wallisch, überhaupt bei uns, wo wir seit jeher eine Anlaufstelle für die Wiener Kinder sind. Wir haben ja nicht nur irgendeinen Dienstleistungsbetrieb, bei uns geht's ja auch um die Vorbildwirkung! Also Folgendes, damit wir uns die Hässlichkeiten einer Fristlosen ersparen: Sie kommen morgen Früh und holen Ihr Zeug, und zwar in aller Ruhe, und ich geb Ihnen dafür ein Zeugnis mit, dass Sie ein halbwegs akkurater Mitarbeiter waren. Meinetwegen schreib ich auch statt *halbwegs akkurat* was anderes hin, zum Beispiel so was wie *passabel*. Und dann nehmen Sie den Wisch und Ihren Hut und gehen nach Haus. Ich will Sie nicht mehr bei uns sehen, am Tag nicht und schon gar nicht in der Nacht. Und was Sie in der Rente anstellen, will ich auch nicht wissen, das werd ich wahrscheinlich eh bald aus den Zeitungen erfahren. Habe die Ehre, Wallisch."

„Zweimal Sorgenbrecher. Prost, die Herren." Der Ober stellt die Gläser ab und macht sich aus dem Staub, so rasch er kann. Polivkas Mienenspiel verheißt nichts Gutes, und als Kellner im Polanski, wo das Trinkgeld ohnehin nicht eben fürstlich auszufallen pflegt, will man sich nicht auch noch beschimpfen lassen.

„Sie mit Ihren Zuckerln!", bricht Polivka das Schweigen, während er zu seinem Viertel greift und es betrachtet wie ein Gärtner den verhassten Löwenzahn auf seinem Rasen.

„Ah, dann bin jetzt also ich schuld an der ganzen Sauerei!" Der Lemming stürzt sein Glas in einem Zug hinunter, setzt es unsanft ab und fügt hinzu: „Ich hab die Sache wenigstens nicht überall hinausposaunt, damit sie brühwarm in den Medien landet!"

„Als ob ich ..." Polivka schnappt nach Luft, er ist die fleischgewordene Empörung, dabei wirkt er ohnehin schon wie ein aufgeblasener Ballon kurz vor dem Platzen. „Unsereiner muss halt Protokolle und Berichte schreiben, anders als so ein dahergelaufener Waran- und Waschbärenwachel! Und wenn's dann einen Verräter in den eigenen Reihen gibt, irgendein Kollegenschwein, das solche Polizeiinterna seinen Freunden bei der Presse flüstert, geben Sie mir noch die Schuld dafür? Als hätt ich's darauf angelegt, mich selbst in die Rue de la Gack zu manövrieren? Herr Ober! Noch ein Viertel!"

„Zwei!"

Sie kommen morgen Früh und holen Ihr Zeug ... Habe die Ehre, Wallisch. Das waren endgültige Worte. Worte, die erst langsam in das Hirn des Lemming sickern mussten. Doktor Stropeks Monolog hat ihn, wie man so sagt, am linken Fuß erwischt und ihm die Beine unter dem Körper weggezogen. Plötzlich ist er in der Luft gehangen. Aber noch bevor er auf dem Boden aufschlug, hat das Telefon erneut geläutet.

Wieder keinerlei Begrüßung, wieder ein erboster Redeschwall, doch diesmal war es Polivka.

„Ein Horror, Wallisch! Ein verfluchter Horror! Haben Sie eine Ahnung, was mir grad passiert ist? Nein, natürlich nicht! Also, ich komm ins Kommissariat, direkt von diesem Misthund, der Sie bei uns angeschwärzt hat, übrigens ein Rentner namens Hussak, der in seinem Leben nichts mehr anderes zu tun hat, als den jungen Mädels hinterherzugaffen und im Park die Tauben zu vergiften, also ich komm ins Büro, und stante pede lässt der Schröck mich zu sich rufen. Ich hab schon geglaubt, der Hussak hat womöglich angerufen und sich über mich beschwert, er hätt auch allen Grund dazu gehabt, das sag ich Ihnen, Wallisch, weil dem alten Knacker hab ich kräftig eingeschenkt. Ich geh also zum Schröck hinein, der wieder einmal hinter seinem Schreibtisch hängt wie ein verdorrtes Zimmerpflanzerl, und jetzt kommt's: Der Schröck fangt an herumzuseufzen, wie er's immer tut, wenn ihn was langweilt oder ihm was peinlich ist, und dann sagt er: ‚Mein lieber Polivka, Sie wissen ja, dass ich und Ihre Frau Mama, also dass zwischen uns gewisse zarte Bande und so weiter, woraus sich ergibt, dass Sie, mein lieber Polivka, und ich ja fast so etwas wie Familie sind, ganz abgesehen von der Arbeit. Umso schwerer, und das können Sie mir glauben, fällt es mir, Ihnen zu sagen, was ich Ihnen jetzt zu sagen habe.'"

Polivka hat kurz nach Luft geschnappt, wie um dem Ungeheuerlichen, dem Undenkbaren noch mehr Gewicht geben zu wollen.

„Der Schröck hat mich beurlaubt“, hat er dann gesagt. „Verstehen Sie, Wallisch? Einfach suspendiert. Aber das sag ich Ihnen: Nicht mit mir! Das hab ich auch dem Schröck gesagt. ‚Herr Oberst‘, hab ich ihm gesagt, ‚ich möchte höflich darauf hinweisen, dass ich seit dreißig Jahren im Staatsdienst bin, dass ich mir nie etwas zuschulden habe kommen lassen, dass auch nichts gegen mich vorliegt und eine Beurlaubung somit nicht akzeptabel ist ...‘“

Der Lemming musste einmal mehr seine Gedanken ordnen, die wie ein hysterischer Hornissenschwarm durch seinen Schädel schwirrten. „Aber ...“, ist er Polivka ins Wort gefallen, „aber was ist denn passiert? Was wirft Ihnen der Schröck denn vor?“

„Er wirft mir gar nichts vor. ‚Das müssen S’ doch verstehen, mein lieber Polivka‘, hat er gesagt, ‚als Dienststellenleiter hab ich auf den Ruf der Dienststelle zu achten. Die Dienststelle ist unser aller Mutter, wir sind ihre Kinder, finden Schutz in ihrem Schoß und nähren uns an ihren Zitzen, um es einmal blumig auszudrücken. Aber eine Mutter will halt auch, dass ihre Kinder zu ihr stehen, und nichts anderes haben wir in diesem Fall zu tun. Denn wenn die Dienststelle Gefahr läuft, von den Medien kompromittiert und von der öffentlichen Meinung angepatzt zu werden, muss ihr Leiter stante pede reagieren. Waren Sie heut schon im Internet?‘“

Der Kopf des Lemming hat sich angefühlt wie ein Ballon kurz vor dem Platzen. „Nein, wieso?“

„Nicht Sie! Der Schröck hat *mich* gefragt: ‚Waren Sie heut schon im Internet?‘ Und ich: ‚Melde gehorsamst, nein, Herr Oberst.‘ Worauf er mich näher winkt und auf den Bildschirm vor sich zeigt. Sie müssen sich das anschauen, Wallisch ..."

> dermassstab.at
> 15. Mai 2019, 06:53
>
> Wien – Ein elfjähriger Schüler ist am späten Montagnachmittag durch einen Sturz von der Kennedybrücke ums Leben gekommen. Laut Zeugenaussagen soll der Bub von einem Mann belästigt und anschließend über die Brüstung auf die U-Bahngleise gestoßen worden sein. Der Verdächtige, der noch am Abend von der Polizei vernommen wurde, blieb auf freiem Fuß.
>
> > Leserkommentare
> >
> > Homo erectus – 06:57
> > Wieder einmal wird uns von der linkslinken Systempresse die Nationalität des Kinderschänders und Mörders verschwiegen. Wetten, dass es sich um einen Mehmet oder Djamal handelt, der unser rückständiges Land mit seiner „Hochkultur" beehrt, während er sich von uns durchfüttern lässt?
> >
> > Weiser Riese – 07:02
> > Was ist das nur für eine Schandpolizei?! Wie kann man so einen Dahergelaufenen nur laufen lassen?!!!

> dermassstab.at
> Update 07:48
>
> Neuen Informationen zufolge handelt es sich bei dem zu Tode gekommenen Elfjährigen um den Sohn des Filmemachers Kurt Rampersberg, dessen umstrittener Doku-

mentarfilm „Regen des Hasses, Traufe des Zorns“ erst vor kurzem in den Kinos angelaufen ist (siehe: Rampersbergs Stockholm-Syndrom, 7. Mai 2018).

Leserkommentare

Zartes Pflänzchen – 07:51
Na, da hat es endlich mal den Richtigen erwischt. Dass unsere ach so armen arabischen „Freunde“ eh schon seine Frau auf dem Gewissen haben, ist ja dem Herrn „Regisseur“ noch nicht genug gewesen. Jetzt hat auch sein Sohn dran glauben müssen. Aber vielleicht braucht er das für seine künstlerische Phantasie und dreht gleich einen neuen Islamisten-Welcome-Film!

„Okay, ich hab’s vor mir“, hat der Lemming drei Minuten später in den Hörer gemurmelt. „Fast achthundert Kommentare, einer widerlicher als der andere, ich will mir das gar nicht alles durchsehen. Aber ich kann trotzdem nicht verstehen, warum der Schröck Sie suspendiert hat.“

„Na, dann schauen Sie einmal auf die Website von der *Reinen Wahrheit*, Wallisch. Ihnen sollte klar sein, dass Sie Ihren Job womöglich auch verlieren werden.“

„Schon geschehen“, hat der Lemming Polivka geantwortet.

diereine.at
15. Mai 2019, 09:56

Polizeiskandal: Ist es ein Pädophilenring?
Im Fall des gestern belästigten und getöteten Kindes (die REINE berichtete) könnte sich ein Polizeiskandal abzeichnen. Laut wohlinformierten Kreisen handelt es sich beim

Täter (es gilt die Unschuldsvermutung) um den ehemaligen Kriminalbeamten Leopold W., der als Wachorgan im Tiergarten Schönbrunn beschäftigt ist. Dass W. sich nach wie vor auf freiem Fuß befindet, könnte an seinen guten Kontakten zur Exekutive liegen: Der zuständige Chefinspektor P., der W. trotz der angeblich klaren Faktenlage nicht verhaftete, soll diesem schon seit langem freundschaftlich verbunden sein. Ein pädophiles Netzwerk, das bis in die höchsten Ebenen der Polizei reicht, ist nicht auszuschließen.

Aus dem Bauch des Lemming ist ein tiefes Grollen erklungen. Ein Rumoren in den Eingeweiden, dann ein scharfes Brennen, das ihm durch die Speiseröhre hochgestiegen ist und ihm das Gaumenzäpfchen angesengt hat. Kurz entschlossen hat er Klaras Tablet abgedreht.

„Polanski? Um halb acht?“, hat Polivka gefragt.

Ein stummes Nicken in den Hörer.

„Wallisch?“

„Ja.“ Mehr hat der Lemming nicht herausgebracht; selbst dieses Ja war kraftraubend wie eine Bergbesteigung.

„Scheiß auf meinen Job, scheiß auf Schönbrunn“, murmelt er jetzt. „Aber es geht nicht nur um mich. Nach unserem Telefonat bin ich in die Ordination hinüber, um der Klara dieses ... Ding zurückzugeben.“ Angewidert zeigt der Lemming auf das Tablet, das er schließlich doch noch ins Polanski mitgenommen hat. „Im Wartezimmer, das um diese Uhrzeit immer brechend voll ist, ist ein einziger Mann mit seinem Rottweiler gesessen. Springerstiefel, Bomberjacke, abrasierte Haare – also nicht der Hund, sondern der Mann. Und wie ich reinkomm, steht er auf und glotzt mich an. Nicht etwa feindlich oder angeekelt, sondern fast“, der Lemming ringt die Hände vor Erbitterung, „fast *ehrfürchtig* wie einen Heiligen! Verstehen Sie, er hat schon gewusst, dass ich der Leopold W. bin, über den sie in der Zeitung schreiben, und wahrscheinlich ist er überhaupt nur deshalb bei uns aufgetaucht. Der Typ hat offenbar geglaubt, dass ich den Mario ermordet hab, um seinen Vater zu bestrafen, für den Kinofilm und dafür, dass er einen Flüchtling bei sich aufgenommen hat! Und dieses miese Nazischwein hat mich auch noch dafür bewundert!“

„Nur die Ruhe, Wallisch. Regen Sie sich ab.“

Im selben Maß, wie sich die Lautstärke des Lemming während seiner Schilderung erhöht hat, ist sie bei den anderen Gästen des Polanski abgeflaut. Man schweigt betreten, während man Polivka und den Lemming mit verstohlenen Blicken mustert.

„Nicht nur, dass der Nazi da war, aber von den anderen Patienten ist heut fast keiner gekommen“, zischt der Lemming jetzt. „Die einen halten mich für einen Kinderschänder und die anderen für einen politisch motivierten Killer. Wie zur Hölle kann sich ein Gerücht so schnell verbreiten?“

„Internet“, gibt Polivka zurück. „Im Gegensatz zu Ihnen, Wallisch, treiben sich die meisten dort herum. Was haben Sie gestern noch vom virtuellen Raum gefaselt? Dass Sie es nicht einmal merken würden, wenn Ihnen ein solcher Scheißsturm um die Ohren pfeift?“

„Man muss doch irgendwas dagegen unternehmen können! Wie soll ich den Ben je wieder in die Schule schicken? Und wie soll die Klara ihre Arbeit weitermachen? Sie ist vollkommen verzweifelt; lieber sperrt sie ihre Praxis zu, hat sie am Nachmittag gesagt, als dass sie bis zur Pensionierung nur noch Nazikampfhunde behandelt! Also sagen Sie, Herr Chefinspektor ...“

„Lassen S' mir den Chefinspektor weg", unterbricht Polivka. „Inspektor gibt's keinen. Nicht mehr. Ich hab dem Schröck gekündigt."

„Wie jetzt? Ganz im Ernst?"

Polivka nickt. „Ich lass mich nicht auf die Ersatzbank setzen, nur weil sich der Trainer von den Hooligans dazu genötigt fühlt."

„Was machen Sie denn jetzt?"

„Das sehen Sie doch. Herr Ober! Noch ein Viertel!"

„Zwei!"

„Ich glaub", sagt Polivka und zieht sein Smartphone aus dem Tweed-Sakko, „wir sollten uns auf *Jabberpal* ein Konto einrichten. Damit wir uns dort auch ein bissel umschauen können."

„Konto? Kostet denn das was?"

„Ja, Wallisch. Zeit und Nerven."

„Nehmen Sie." Der Lemming schiebt Polivka Klaras Tablet hin. „Der Spaß soll Sie nicht auch noch Ihre Sehkraft kosten."

Polivka macht sich sofort ans Werk, drückt auf dem Monitor herum, wischt kurz darüber, wartet und beobachtet, beginnt wieder zu tippen. Er erinnert an ein Baby auf der Jagd nach unsichtbaren Ameisen.

Der Lemming trinkt. Als ein orangefarben gekleideter Zeitungsverkäufer das Lokal betritt, winkt er ihn zu sich, um ihm eine Abendausgabe der *Reinen Wahrheit* abzukaufen.

Die REINE WAHRHEIT vom 16. Mai 2019

Polizist aus dem Verkehr gezogen

Knalleffekt im Mordfall Mario Rampersberg: Der ins Visier der Medien geratene ermittelnde Beamte Chefinspektor P. (Name der Redaktion bekannt) ist noch am Mittwoch aus dem Polizeidienst ausgeschieden. Alles deutet darauf hin, dass P. aufgrund einer persönlich motivierten widerrechtlichen Begünstigung des Hauptverdächtigen, des Wachmanns Leopold W. (Name der Redaktion bekannt), den Dienst quittieren musste.

Laut offiziellen Stellen befindet W. sich aber nach wie vor auf freiem Fuß. Die Rede ist von einer für eine Verhaftung unzureichenden Beweislage. Die REINE aber fragt: Hat P. die Spuren verwischt, um seinem Freund zu helfen? Oder reicht der kriminelle Filz bei unserer Polizei bis in die Chefetage? Schließlich hat der Vater des am Montag in den Tod gestürzten Schulbuben, der Regisseur Kurt Rampersberg, mit seinem Film *Regen des Hasses, Traufe des Zorns* erst kürzlich unser Land gespalten (die REINE berichtete).

„Herr Ober! Noch ein Viertel!“

„Zwei!“

„Und einen Aschenbecher!“

„Zwei!“, ruft Polivka, dessen Konzentration noch immer ganz dem Tablet gilt. „Da, schauen Sie, wir sind drin.“ Er dreht das Notebook zum Lemming. „*Jabberpal.* Ich hab uns unter dem sinnreichen Namen *Polpo* angemeldet.“

„Und was soll das heißen?“

„Poldi Polivka. Wir sind jetzt sozusagen eine – Gott sei Dank nur virtuelle – Einheit.“

„Super“, meint der Lemming, aber sein Gesichtsausdruck spricht eine andere Sprache.

„Oben gibt es eine Suchfunktion. Probieren wir’s mit Mama 77.“

Nach Sekundenbruchteilen flackert das enttäuschende Ergebnis auf: Bis auf die Zeilen, die Polivka und der Lemming ohnehin schon kennen, finden sich hier nur die Reaktionen anderer Besucher von Marios *Jabberpal*-Account. Die einen zeigen sich entsetzt über die Grausamkeit des Kommentars, die anderen versuchen, seinen bösartigen Tonfall noch zu übertreffen.

Dromed-Arier
14. Mai 2019, 20:05
Von wegen Hasenfratze! Eher ein Kamelgesicht! Ich wette, seine Mutter hat sich auch schon früher mit Kameltreibern vergnügt.

Zapletal der Prächtige
15. Mai 2019, 13:30
Schäm dich, Mama 77! Du bist auch nicht besser als sein Mörder, dieser kranke alte Nazi aus der Straßenbahn. Wahrscheinlich bist du selbst der alte Kinderschänder und versteckst dich hinter deinem Pseudonym.

„Das reicht jetzt", meint der Lemming heiser. „Suchen wir nach etwas anderem. Zum Beispiel Mario Rampersberg."

Polivka tippt die Worte ein, und schon erscheinen die Suchergebnisse auf dem Bildschirm: vierzehntausend Kommentare und fünf Fotos.

„Bitte keine Kommentare mehr, von denen hab ich heut genug gelesen. Schauen wir uns die Bilder an."

Ein Foto, das vor vielen Jahren aufgenommen worden sein muss: Mario mit seinen Eltern. Klein und pummelig sitzt er auf einem Dreirad, seine Lippenspalte dunkelrot, wie eben operiert. Kurt Rampersberg in einem hellen Sommeranzug, hochgewachsen, schlaksig und bereits im fortgeschrittenen Alter. Freundlich, aber auch ein bisschen selbstgefällig blickt er in die Kamera. Daneben Marios Mutter, jung und hübsch und lächelnd steht sie da, ein Sonnenschein im Sonnenschein.

Das nächste Bild zeigt Mario mit seinen Schulkollegen; es ist eines jener Fotos, wie sie wohl in jeder Klasse für Jahresberichte, elterliche Hausaltäre, Alben und Archive aufgenommen werden. Die Kinder sind im Breitformat vor einer Schultafel drapiert, Mario steht links vorne, neben ihm der Klassenvorstand: Brille, Kinnbart, schütteres Haar. Ein Lehrer wie aus einem Lehrbuch.

„Jetzt wird's interessant", knurrt Polivka und greift wie nebenher zu seinem Viertel, um sich daran festzuhalten. Sein Gesichtsausdruck verheißt nichts Gutes.

Weder der reale noch der auf dem Bildschirm.

Grimmig blickt Polivka auf den Monitor, und grimmig blickt er aus dem Monitor heraus, Auge in Auge mit sich selbst. Eine gewisse *Jabberpussy* hat das digitalisierte Foto seines Dienstausweises auf ihrem Account veröffentlicht. Die Bildlegende lautet:

Rausgeworfen: Chefinspektor H. Polivka, Freund und Helfer des im Fall Mario Rampersberg verdächtigen und mittlerweile arbeitslosen Nachtwächters L. Wallisch.

„Fuck!", ruft Polivka. „Woher hat die mein Bild! Das muss eine Kollegin aus dem Kommissariat sein!"

„Oder ein Kollege", antwortet der Lemming. „Einer, der hier endlich sein darf, was er auch im echten Leben gerne wäre."

„Ach, und was?"

„Eine Kollegin."

„Lustig", brummt Polivka. „Und gleich wird's noch lustiger. Da, schauen Sie, was der Kerl da ins Netz gestellt hat. *Linker Geselle,* ein passender Name."

In Memoriam Mario Rampersberg: „Kinderfreund" Leopold Wallisch ganz in seinem Element

Das Foto muss vor einem Jahr entstanden sein, beim Abschiedsfest, das Ben und seine früheren Schulkollegen gegen Ende ihrer Volksschulzeit im Augarten gefeiert haben. Mitten in der ausgelassenen Kinderschar der Lemming: Sichtlich überfordert, aber tapfer lächelnd teilt er Pappteller und Becher aus.

„Herr Ober! Noch ein Viertel!“, ruft er jetzt, und seine undeutliche Artikulation lässt sich nicht nur darauf zurückführen, dass sich seine Stimme überschlägt.

„Wer hat das aufgenommen?“, fragt Polivka.

„Keine Ahnung. Da waren viele Kinder, viele Eltern und Verwandte, alle waren im Fotorausch wie eine Horde Paparazzi. Vielleicht ist es ja auch ein Passant gewesen, schließlich ist der Augarten ein öffentlicher Park.“

Polivka seufzt. „Dann schauen wir uns das letzte Bild an“, sagt er und tippt auf den Monitor.

Mario Rampersberg ist tot, und mir vergeht der Appetit: Am Nebentisch der Abschaum der Nation in Feierlaune. Was sich die zwei Schweine Polivka und Wallisch da gerade im Computer anschauen, will ich gar nicht wissen. Pfui!

Ein Gastgarten unter Platanen, die vertrauten grün lackierten Tische des Café Polanski unter einem violetten Abendhimmel. In der Mitte der Fotografie sitzen zwei Männer und starren auf den Bildschirm eines Tablets. Nicht entspannt, aber im Hier und Jetzt.

Polivka und der Lemming.

Drei Sekunden dauert es, bis die Erkenntnis ins Bewusstsein sickert: Wirklichkeit und Virtualität befinden sich im Paarlauf, Polivka und Wallisch sind jetzt vogelfrei, sind live im Internet, ein anderer Gast hat sie erkannt, sie mit dem Handy aufgenommen und das Bild sogleich auf *Jabberpal* veröffentlicht.

Polivka sieht sich um, taxiert die Kundschaft des Polanski mit den scheelen, feindseligen Blicken eines aus dem Rudel Ausgestoßenen. Die meisten Leute haben Smartphones vor sich auf den Tischen liegen, und wer keines vor sich liegen hat, der hält es in der Hand und tippt darauf herum.

„Wer war das? Wer?“ Der Stuhl kippt um und schlägt mit einem Poltern auf das Straßenpflaster, als der Lemming aufspringt. Sein geleertes Viertelglas ist eine schlagbereite Keule, seine Augen sind zwei schwarze Höhlen, in denen Urmenschen ein Lagerfeuer angezündet haben. „Wer ist hier der Abschaum?“, brüllt er. „Ihr verdammten, selbstgerechten Heuchler! Feige Scheißkrakeeler seid ihr, einer wie der andere! Eine miese, scheinheilige Bande!“

Die Gespräche an den anderen Tischen sind mit einem Schlag verstummt, die Gäste wenden ihre Köpfe neugierig dem Lemming zu.

„Lass gut sein“, murmelt Polivka. „Herr Ober, zahlen ...“

„Nein!“, brüllt der Lemming. „Noch ein Wiersel! Viersel! Zwei!“ Er stützt sich mit der Linken auf die Tischplatte und schaukelt leise hin und her. „Was ... Was haben Sie gesagt?“

„Dass ich jetzt zahlen will.“

„Nein, davor.“

„Dass Sie es gut sein lassen sollen“, brummt Polivka, und wäre er nicht selbst schon so betrunken, er versänke wohl vor Scham im Erdboden.

Das allgemeine Interesse am verbalen Amoklauf des Lemming kühlt so rasch ab, wie es eben noch entflammt ist, und die Leute wenden sich nun wieder ihren Aperol-, Campari- und Proseccogläsern zu – allerdings nicht, ohne zuvor noch mit geübter Hand das eine oder andere Handyfoto von den zwei verschrobenen älteren Herren am Nebentisch gemacht zu haben.

„Lügner“, meint der Lemming, während er versucht, den umgekippten Stuhl in seine ursprüngliche Position zu bringen. „Sie haben *du* zu mir gesagt. *Lass gut sein,* haben Sie gesagt.“ Sein Tobsuchtsanfall scheint vergessen; er verzieht den Mund zu einem schiefen Grinsen.

„Hab ich nicht.“

„Ich hab's genau gehört.“

„Jetzt gib doch endlich eine Ruh! Als ob wir keine anderen Probleme hätten ...“

„Da! Schon wieder!“

„Gut! Okay!“ Jetzt ist es Polivka, dem der Geduldsfaden zu reißen droht. „Ob Sie mit mir per *du* sind oder du mit mir per *Sie,* geht mir am Arsch vorbei! Verstehst, Wallisch?“

„Lass gut sein“, winkt der Lemming ab. „Aber wie soll ich dich denn nennen?“

„Polivka.“

„Ich bin der Leopold.“

„Du warst bis jetzt der Wallisch, Wallisch, und der Wallisch bleibst du auch. Herr Ober!“

„Zahlen gewünscht?“ Mit zögerlichen Schritten und besorgter Miene nähert sich der Kellner.

„Nix da zahlen. Bringen S' uns noch zwei Vierteln.“

4

Wer sich an einem Schlammbadmittwoch schwer betrunken schlafen legt, der braucht sich nicht zu wundern, wenn er sich am Donnerstag wie ein Schwein in seiner Suhle fühlt. Ein kleines Schwein mit einem großen Kater, wobei sich der Kater – ganz im Gegensatz zum Schwein – gewaschen hat.

Im Haus herrscht eine ungewohnte Stille. Obwohl Klara jeden Donnerstagvormittag zu ordinieren pflegt, ist das Wartezimmer ebenso verlassen wie der Untersuchungsraum. Der Lemming schleppt sich in die Küche, wo er auf dem Tisch – gleich neben Klaras Tablet – einen handbeschriebenen Zettel findet.

Lieber Poldi,
bitte bring die Sache irgendwie in Ordnung. Ich weiß, du bist nicht schuld an der Misere, aber du bist halt der Einzige, der all den Lügen und Verleumdungen entgegentreten kann. Um Bens und unserer Zukunft willen.

Mir bleiben die Patienten aus, und Ben können wir momentan nicht in die Schule schicken. Es wird besser für ihn sein, wenn ich ein paar Tage mit ihm die Stadt verlasse. Wir fahren also weg. Ich weiß noch nicht, wohin, nur irgendwohin, wo uns keiner kennt. Vielleicht nach Süden, in den Niemandswald, du weißt schon …

Mach dir bitte keine Sorgen. Ich versuche, dich so bald wie möglich anzurufen.
Deine Klara

Eine Zeit lang ist der Lemming unschlüssig, ob er sich ärgern oder doch lieber in Selbstmitleid zerfließen soll. Nach einem Liter Wasser, drei Kaffees und einer ausgiebigen Dusche muss er sich aber im Stillen eingestehen, dass Klara, wie so oft, das Richtige getan hat. Benjamin in Sicherheit zu wissen, ist das Allerwichtigste, ja es ist – abgesehen von einem weiteren Kaffee – die Grundvoraussetzung dafür, jetzt wieder einen klaren Kopf zu kriegen.

Beim Gedanken an den Niemandswald kann sich der Lemming eines wehmütigen Lächelns nicht erwehren. Der Niemandswald ist ein entlegenes, geheimes Plätzchen, ein verzaubertes, den Landschaftsplanern und Touristen unbekanntes Paradies in einem südsteirischen Alpental, das er mit Klara, Polivka und dessen Angebeteter Sophie vor zwei Jahren entdeckt hat. Klaras Neffe Max wohnt dort auf einem kleinen Bauernhof mit seiner Frau und seiner Tochter, ein paar Schweinen, einer Handvoll Hühner und noch einer Vielzahl anderer Tiere …

Es ist kurz nach acht. Der Lemming sitzt noch immer in der Küche und versucht, sich der Geschehnisse des letzten Abends zu entsinnen. Wie die Splitter eines in Scherben gegangenen Viertelglases glitzern die Erinnerungsfragmente auf. Hat Polivka ihm tatsächlich das Du-Wort angetragen? Sind sie wirklich noch im Café Kairo abgesackt, nachdem der Kellner des Polanski sie mit flehentlichen Bitten zum Verlassen des Lokals bewogen hatte? Und was haben sie im Kairo noch besprochen? Ja, natürlich, dass sie die drei Morde nicht auf sich beruhen lassen würden – weder Marios infam herbeigeführten Suizid noch ihrer beider Rufmord. Deshalb, so erinnert sich der Lemming weiter, hat ihn Polivka mit trüben Augen zu fixieren versucht. Allerdings vergeblich, denn die Augäpfel des retirierten Chefinspektors hatten sich verselbständigt, und ihre Blicke schwammen – unabhängig voneinander – links und rechts vom Kopf des Lemming durch die Luft.

„Die Mama 77 kauf ich mir!", hat Polivka gelallt. „Das kann ja keine Hexerei sein."

„Ist es aber", hat der Lemming mit nicht minder manifestem Zungenschlag geantwortet. „Von wo der Dreck ins Internet gekommen ist, das wissen nur die Telefonfirmen, und die dürfen es nicht verraten. Jedenfalls nicht ohne richterliche ... Dings, und diese richterliche Dings kann wieder nur die Polizei beantragen. Da müssten sich schon deine Ex-Kollegen darum kümmern."

„Meine Ex-Kollegen, ja. Ich werd mich also morgen um die Ex-Kollegen kümmern. Und am Nachmittag geh ich aufs Arbeitsamt, da treffen wir uns dann", hat Polivka gesäuselt.

„Ich geh aber schon am Vormittag."

„Nein, tust du nicht."

„Was heißt ..."

„Am Vormittag hast du einen Besuch zu machen, Wallisch, einen Kondolenzbesuch. Den kann dir keiner abnehmen."

„Du meinst, ich soll zum Rampersberg?"

„Wer sonst? Du warst der Letzte, der ..."

„Herr Ober, noch zwei Viertel!"

Sicher, Polivka hat recht gehabt. Zwar hat der Lemming Mario bis an den Rand der Unterwelt begleitet, aber er muss klarstellen, dass er ihn nicht über diesen Rand gedrängt oder gestoßen hat. Wenigstens Marios Vater hat sich diese Aufklärung verdient.

Mit einem mulmigen Gefühl macht sich der Lemming auf den Weg. Er will nicht gehen, viel lieber würde er sich jetzt im Haus, im Bett verkriechen. Dort herrscht Friede, anders als da draußen in der Welt, die boshaft ist und feindlich, voller Niedertracht und Hass und Häme.

Auf der Türschwelle zum Vorgarten hat jemand einen großen Haufen Scheiße deponiert. Ob er ihn hingebracht und abgelegt oder an Ort und Stelle vor die Tür gekackt hat, lässt sich weder eruieren noch ist es von Belang. Der Lemming lässt den Haufen liegen und geht mit gesenktem Kopf zur Straßenbahnstation.

Zum Glück muss er nicht lange auf die Tramway warten. So wie vorgestern gibt es im hinteren Wagen noch freie Sitzplätze, aber der Lemming stellt sich – von den anderen Passagieren abgewandt – ans Heckfenster. Die Schienen gleiten unter ihm vorbei: zwei graue Linien, eingebettet in Asphalt, ein trostloses und eintöniges Bild.

Ganz anders die Plakate, die die Straßen säumen. Farbenprächtig künden sie von einer besseren Welt. Von einer Welt der Luxusautos, Fernreisen und Flachbildschirme, der Shampoos, Tampons und Spielsalons. Vor allem künden sie von den politischen Parteien, die sich als Wegbereiter dieser besseren Welt gerieren. Aufbruch, neue Wege, Miteinander, Fairness und Gerechtigkeit: So lauten – quer durch alle Lager – die Parolen der gewerbsmäßigen Glücksverheißer, deren digital geglättete Gesichter voller Tatkraft in die Zukunft strahlen.

Dem Lemming sind die meisten heutigen Politiker ein Gräuel, und da muss er sich erst gar nicht mit den Ideologien befassen, die sie zu vertreten vorgeben. Denn was in ihren Köpfen wirklich vorgeht, das bleibt hinter einer undurchdringlichen Fassade aus Rhetoriktraining, einstudierter Kommunikations-, Präsentations- und Diskussionstechnik verborgen. Ständig sind sie um die mediengerechte Inszenierung ihrer selbst bemüht, und ständig ist ihr ganzes Streben auf das eine Ziel gerichtet: bei den nächsten Wahlen an die Macht zu kommen, an der Macht zu bleiben oder die vorhandene Macht noch zu vergrößern. Geradlinig und offen sagen, was man denkt und was man will, ist Politik von gestern. Heute geht es vorwiegend darum, der breiten Masse nach dem Mund zu reden, unabhängig davon, welchen Cliquen und gesellschaftlichen Schichten man tatsächlich dient.

Besonders trifft das auf den jungen Mann zu, der seit gut eineinhalb Jahren die Regierungszügel in der Hand hält. Wie ein Phönix ist er aus der Asche seiner einstmals großen, später angeschlagenen bürgerlich-katholischen Partei gestiegen, hat mithilfe eines guten Schneiders und eines noch besseren Friseurs die letzte Wahl gewonnen und sogleich bedenkenlos mit dem (nicht ganz so schnittigen) Vertreter der Rechtsnationalen koaliert. Wobei der junge Mann sich eher um die wirtschaftliche Seite des Regierens kümmert (Subventionen für die Erdölindustrie statt für den Klimaschutz, mehr Steuerprivilegien für Konzerne, Anhebung der Wohnungsmieten, Kürzung der Sozialhilfe, Verlängerung der Arbeitszeiten), während er die weit verfänglichere Innenpolitik seinem Verbündeten überlässt. Er kann dabei nur profitieren. Denn erstens bringt ihm der vom Innenministerium geführte gnadenlose Feldzug gegen Flüchtlinge und Asylanten zusätzliche Wählerstimmen, ohne dass er sich die Hände schmutzig machen muss. Und zweitens hält ihm der Koalitionspartner den Rücken frei, indem er regelmäßig die Berichterstattung in der Presse und im Fernsehen zu beeinflussen versucht und einen restriktiven Kurs gegen regierungskritische Reporter einschlägt.

Dass sich die im Umgang mit den Medien weniger geschulten Funktionäre dieses Partners immer wieder mit rassistischen Bemerkungen hervortun (fast die Hälfte rekrutiert sich aus deutschnationalen Burschenschaften), stört den jungen Mann durchaus nicht. Denn er weiß, dass völkisch-chauvinistisches Gedankengut zwar zusehends verbreitet, aber bis auf Weiteres nicht mehrheitsfähig ist und dass der Juniorpartner folglich auch ein Juniorpartner bleiben wird. Mehr noch: Die regelmäßigen Entgleisungen der kleinen Koalitionspartei spalten das Land, und ein gespaltenes Land kann man sich – ganz gemäß dem alten Machtprinzip des Teilens und des Herrschens – als Regierender nur wünschen, ungeachtet seiner vorgeblich so christlichen Prinzipien. Apropos christliche Prinzipien: Als obdachloser junger Mann aus Syrien, noch dazu als Jude, sollte man sich klar darüber sein, wo man in diesem Lande hingehört. Nämlich ans Kruzifix. Da muss man gar nicht Jesus heißen.

Hinter der lang gestreckten Mauer an der Westflanke des Schlossparks, in dem sich der Tiergarten Schönbrunn befindet, führt die Maxingstraße Richtung Süden. Eng und laut und viel befahren, zählt sie zu den hässlichsten Verkehrswegen, die das moderne Wien zu bieten hat. Im ausgehenden 19. Jahrhundert war das anders: Die unmittelbare Nachbarschaft zur kaiserlichen Sommerresidenz bewog nicht wenige der adligen oder zumindest reichen Wiener, sich hier eine kleine Villa bauen zu lassen, und so drängen sich die Gründerzeitfassaden heute am verschmutzten Straßenrand zusammen wie ein Rudel Pensionisten, das es irrtümlicherweise an den Arsch der Welt verschlagen hat.

In einer dieser Villen wohnt der Regisseur Kurt Rampersberg.

Als sich der Lemming zögerlich dem Eingang nähert, lösen sich zwei junge Männer in blaugrauen, modisch geschnittenen Jacken aus dem Schatten eines Baums und treten auf ihn zu. Der größere der beiden zieht etwas aus seiner Innentasche, etwas Schwarzes, Längliches ...

Ein Diktafon.

„Wollen Sie zum Rampersberg?“ Kein Gruß. Nur diese unhöflichen Worte, diese arrogante Miene. Forsch streckt er dem Lemming sein Diktiergerät entgegen.

„Was geht Sie das an? Wer sind Sie?“, fragt der Lemming stirnrunzelnd.

„Gerd Glaser von der *Reinen Wahrheit*. Warten Sie ...“ Der Stutzer stutzt. „Ich kenn Sie doch!“

„Ist das nicht dieser pädophile Lustgreis, der den kleinen Rampersberg auf dem Gewissen hat?“, mischt sich jetzt sein schmächtiger Kollege ein und greift nach einer Fotokamera, die an einem Riemen über seiner Schulter hängt.

„Natürlich! Stimmt! Sie heißen Wallisch, nicht? Leopold Wallisch. Warum sind Sie hergekommen, warum wollen Sie den Herrn Rampersberg besuchen? Was genau ist vorgestern passiert, wie ist der arme kleine Mario gestorben? Hängt sein Tod mit Ihren Neigungen zusammen? Schildern Sie doch unseren Lesern Ihre Sicht der Dinge!“

Klick. Der Schmächtige visiert den Lemming an. Klick. Klick.

Eine Schlägerei liegt in der Luft, der Lemming kann sie förmlich riechen. Es gibt Grenzen des Erträglichen, und seine sind nicht nur erreicht, nein, sie sind überschritten. Mit geballten Fäusten steht er da, bereit, die beiden Journalisten zu verprügeln. Die Entscheidung ist gefallen, und sie lautet: Kampf. Es fühlt sich gut an. Fast so gut, als habe er bereits den ersten Schlag geführt. Er hebt den rechten Arm, holt aus – und wird zurückgerissen. Eine Hand zerrt ihn so kraftvoll durch die Eingangstür ins Innere der Rampersberg'schen Villa, dass er auf den Boden stürzt.

„Was machest du hier?"

Ein dunkles, stoppelbärtiges Gesicht, zwei schwarze Augen, die den Lemming anfunkeln. Der Mann hat sich auf seine Brust gesetzt, ein kleiner, schlanker Mann glücklicherweise, und hält eisern seine Handgelenke fest.

„Ich kenn dich, du bist in dem Internet. Du hast dem Mario tot gemachet."

„Nein, das ist nicht wahr ..."

„Und jetzt ich mache dich tot, du Stuck Scheiße."

Klein und schlank, das ist er. Aber leider auch sehr kräftig und gelenkig. Unvermittelt lässt er einen Arm des Lemming los und greift in die hintere Hosentasche. Eine tausendmal geübte, blitzschnelle Bewegung: Noch bevor der Lemming das Wort *Gegenangriff* überhaupt nur denken kann, drückt sich die Schneide eines Springmessers an seinen Hals.

„Ich stech dich ab, du Hund."

Der Lemming atmet schwer; zugleich versucht er, möglichst still zu liegen. Schlimmer nämlich als die Schmerzen ist die Angst vor dem Moment, in dem die Haut dem Druck der Klinge nachgibt und der Stahl das Fleisch durchtrennt.

Da dringt auf einmal eine leise Stimme durch die düstere Halle. Eine Stimme wie ein fahler Lichtstrahl.

„Steck das Messer weg, Amar. Und lass den Mann in Ruhe."

Über eine Treppe, die zum oberen Stockwerk führt, kommt ein gebeugter, grauhaariger Mann herab: Kurt Rampersberg.

Ein wenig später sitzen sie im ersten Stock, in einem hellen Wohnzimmer, aus dessen Fensterfront man über einen saftig grünen Garten Richtung Westen blickt. Der Lemming, von seiner Begegnung mit dem Springmesser noch etwas mitgenommen, hat auf einem Sofa Platz genommen, Rampersberg in einem Lehnstuhl, dessen grauer Stoffbezug wie eine Camouflage für diesen unglücklichen, hohlwangigen Mann mit seinen grauen Haaren, seiner grauen Haut und seinen grauen Augen wirkt.

Auch der cholerische Amar ist anwesend. Er sitzt auf einem Stuhl neben der Zimmertür wie einer jener Leibwächter, die man aus Mafia- und Gangsterfilmen kennt, und sieht den Lemming finster an.

Dabei wollte Kurt Rampersberg den Lemming unverzüglich aus dem Haus werfen, nachdem Amar ihn losgelassen hatte. „Sie bewegen sich auf dünnem Eis", hat er gesagt. „Amar hat mir Ihr Bild im Internet gezeigt; ich weiß, was Ihnen vorgeworfen wird. Falls diese Vorwürfe nicht völlig aus der Luft gegriffen sind, sollten Sie gehen, und zwar sofort."

„Das sind sie aber", hat der Lemming noch ein wenig atemlos geantwortet. „Ich bin der Vater von Marios Freund. Von Benjamin."

„Sie sind Bens Vater?" Ein Schimmern ist plötzlich in Rampersbergs Augen getreten. Er hat kehrtgemacht und ist die Treppe wieder hochgestiegen. „Kommen Sie", hat er gesagt.

„Ihr Sohn war ein Geschenk", murmelt er jetzt. „Ein größeres, als ich dem Mario jemals geben konnte. Wissen

Sie, ich habe meinen Buben in den letzten Jahren nur einmal froh erlebt, vor zwei, drei Wochen nämlich, als er mir vom Ben erzählt hat. ‚Endlich einer, der sich mit mir abgibt' – das waren seine Worte." Rampersberg hält inne, dreht den Kopf zum Fenster und starrt auf den wolkenlosen Himmel. „Glücklichsein war nicht gerade Marios Stärke seit dem Mord an seiner Mutter. Meine auch nicht. Jetzt schon gar nicht mehr."

„Es ist doch", sagt der Lemming mit belegter Stimme, „alles noch sehr frisch." Er räuspert sich. „Der Schock, der Schmerz ... Sie sollten etwas Zeit vergehen lassen."

„Meinen Sie, die Zeit heilt alle Wunden? Nein, Herr Wallisch, sie schlägt immer neue, und mit jeder neuen brechen auch die alten wieder auf. Und wenn es irgendwann zu viele sind, erträgt man es nicht mehr, und dann verliert man auch noch jede Hoffnung und jeden Glauben an sich selbst. Am Ende bleibt nichts mehr von einem übrig. Kein Vertrauen, kein Mitgefühl und keine Güte. Nur die Qual, auf dieser Welt zu sein. Und der verachtenswerte Wunsch, es möge anderen Menschen auch so gehen." Kurt Rampersberg verzieht den Mund, es soll ein Lächeln sein, aber es ist nur eine verzweifelte Grimasse. „Ich bin kurz davor. Ganz kurz davor, mich zu verlieren. Das macht mir Angst."

„Ich werd nicht zulassen, dass Sie verlieren, Herr Kurt."

Amar hat das gesagt. Amar, der Schreckliche. Für einen Augenblick hat er zu Rampersberg geschaut, jetzt aber stiert er wieder auf den Lemming wie auf etwas, das man zwar verabscheut, aber nur zu gerne fressen würde.

„Danke", sagt Kurt Rampersberg und schenkt Amar ein leises Nicken. „Danke, dass du für mich da bist. Aber jetzt erzählen Sie mir, warum Sie hergekommen sind, Herr Wallisch."

„Weil ich Ihnen sagen wollte, dass mir das, was Ihrem Sohn geschehen ist ... also, dass es mir unendlich leidtut. Und weil ich nicht will, dass Sie die Dinge glauben, die im Internet und auch in manchen Zeitungen verbreitet werden."

„Was die Medien verbreiten, glaube ich schon lang nicht mehr. Sonst müsste ich auch glauben, dass ich ein verrückter Krimineller bin, ein nekrophiler Kommunist, ein schwuler Moslem und was sonst noch alles so behauptet wurde. Aber wenn die Vorwürfe gegen Sie falsch sind, was hat sich dann vorgestern wirklich zugetragen?"

Wieder muss der Lemming die Erlebnisse Revue passieren lassen. Eine Viertelstunde lang erzählt er über Marios Besuch bei Ben und über die Straßenbahnfahrt nach Hietzing. Er beschreibt das immer wieder stockende Gespräch, das er mit Mario geführt hat, und den alten Misanthropen mit dem Trachtenhut. Er redet über seine Arbeit in Schönbrunn, über das Wetter, den Verkehr ... Er redet über alles, nur um nicht zum Schluss kommen zu müssen. *Ich bin kurz davor, mich zu verlieren,* hat Rampersberg vorhin gesagt. Ist ihm der Schluss denn wirklich zumutbar? Die Qualen seines Sohns? Die fassungslose Miene Marios, als die Nachricht auf dem Bildschirm seines Smartphones aufschien? Seine Flucht aus dem Straßenbahnwagen? Sein Sturz? Der Aufprall seines Körpers auf der Frontscheibe der U-Bahn?

Rampersberg sitzt da und lauscht mit halb geschlossenen Augen, still und duldsam, aber konzentriert. Kein Mann, der vor den Tatsachen zurückweicht. Keiner, der sich täuschen lässt.

„Dann ist die Straßenbahn in Hietzing angekommen", sagt der Lemming, „und der Mario ist plötzlich aufgestanden und hinausgesprungen."

Jetzt hebt Rampersberg die Augenbrauen. „Einfach so? Ganz ohne Grund? Ihr Mitgefühl in allen Ehren, Herr Wallisch, aber es macht meinen Buben auch nicht mehr lebendig. Ich will einfach nur verstehen. Ich will begreifen, was im Mario vorgegangen ist."

Ein Argument, dem sich der Lemming nicht entziehen kann, wenn er das auch nur zu gerne würde. Und so nestelt er Bens Smartphone aus der Jackentasche, öffnet die *Jabberpal*-App und reicht es Rampersberg.

Der letzte Rest von Farbe weicht aus dem Gesicht des Regisseurs, als er den Kommentar von Mama 77 liest. Kalkweiß und wie versteinert starrt er auf das Display. Erst nach einer Weile sieht er wieder hoch.

„Wer?" Nur dieses eine Wort. Er flüstert es.

Amar, der Schreckliche, regt sich auf seinem Stuhl. Er richtet sich im Sitzen auf, strafft lauernd seinen Rücken.

„Wir versuchen, es herauszufinden", sagt der Lemming.

„Wir?"

„Wir sind zu zweit; der andere heißt Polivka. Bis gestern war er bei der Polizei, und jetzt ..."

„Ist das der Chefinspektor, der beurlaubt worden ist, weil er Sie nicht verhaftet hat?"

Der Lemming nickt. „Die Suspendierung hat ihn aber so geärgert, dass er mittlerweile selbst den Hut genommen hat."

„Chapeau", sagt Rampersberg.

„Genau, den Hut. Und jetzt versucht er, über seine früheren Kollegen an den echten Namen dieses ... dieses feigen Schweins zu kommen."

„Das ist schwierig, sogar für die Polizei. Ich habe mich auch an sie gewandt; es sind ja in der letzten Woche Unmengen an Drohungen, Beleidigungen und Verleumdungen im Netz kursiert. Aber die haben sich wenigstens nur gegen mich gerichtet, während das hier ...“ Rampersberg verstummt. In seinen Augen glitzern Tränen. Ohne es noch einmal anzusehen, gibt er dem Lemming das Handy zurück. „Sie müssen wissen“, sagt er dann, „dass ich als Vater nicht besonders zärtlich war. Ich bin vielleicht ein mitfühlender Mensch, aber ich habe kein Talent fürs Körperliche. Vielleicht hätte das der Mario gebraucht, als seine Mutter nicht mehr da war. Einen Vater, der ihn wortlos in den Arm nimmt und ihn hält ...“

„Sie sollten sich nichts vorwerfen, Herr Rampersberg.“

„Ich dachte, dass es ihm mehr bringt, wenn ich seine Verzweiflung und seine Wut in konstruktive Bahnen lenke.“ Rampersberg lehnt sich zurück. Er wirkt ganz ruhig, nur seine Finger, die sich in die Armstützen des Lehnstuhls krallen, verraten, was tatsächlich in ihm vorgeht. „Dieser Film über die Flüchtlinge, den habe ich für ihn gedreht. Und für mich selbst. Er ist, wenn Sie so wollen, eine Hommage an meine Frau, eine Erinnerung an ihr großes Herz und ihren wachen Geist. Sie war der festen Überzeugung, dass es nicht die materielle Armut ist, die Menschen in brutale Bestien verwandelt, sondern eine ständige Entwürdigung, eine unüberwindliche soziale Unterlegenheit. Du kannst den Leuten alles nehmen, hat sie manchmal gesagt, nur nicht den Glauben an sich selbst. Sie greifen nicht zur Bombe oder zum Gewehr, um an ein Auto oder einen Haufen Geld zu kommen, sie versuchen nur verzweifelt, sich das eine zu verschaffen, ohne das kein Mensch auf Dauer leben kann: Respekt.“

„Da hatte sie wohl recht“, bemerkt der Lemming.

„Trotzdem ist sie vergewaltigt und ermordet worden. Ja, sie hatte recht, ich war in diesen Dingen immer ihrer Meinung. Aber in der Zeit nach ihrem Tod, da hat mich eine Gier gepackt, die ich so intensiv vorher noch nie erlebt habe. Die Gier nach Rache. An nichts anderes habe ich gedacht und von nichts anderem habe ich geträumt. Den Mörder aus dem Zuchthaus holen, ihn irgendwohin bringen, wo mich keiner stört, in eine Scheune auf dem Land oder in einen Keller tief unter der Erde, ihn an einen Pfeiler binden und ihn foltern. Ihn, solang es irgend möglich ist, nicht sterben lassen, nur ihn endlos quälen, Tag für Tag. Die Zähne einschlagen, die Augen ausstechen, die Zunge abschneiden, die Finger und die Hände, ihm die Knie zertrümmern und ihm Stück für Stück den Penis amputieren. Ihm seine Eier in den Rachen stopfen. Seine heiseren Schreie und das Blut, ich habe es mir immer wieder vorgestellt, es war das Einzige, was mich auf dieser Welt noch interessiert hat. Ja, Sie hören richtig, nicht einmal das Leben meines Sohns hat mich so sehr beschäftigt."

Rampersberg legt eine Pause ein. Er wirkt erschöpft. „Dann", sagt er, „habe ich in Marios Schreibtisch einen Stapel Zeichnungen gefunden. Buntstiftbilder, die er minuziös mit Wasserfarben ausgemalt hat. Bilder von verstümmelten, entstellten Kindern, kleinen blutenden Gestalten ohne Arme, ohne Beine. Keine namenlosen Kinder, sondern seine Schulkollegen. Er hat ihre Namen hingeschrieben: Philipp, Lukas, Jakob ... Und da ist mir klar geworden, dass ich etwas tun muss, etwas anderes, als mich in meinen Rachefantasien zu suhlen. Ich habe mit dem Mario geredet, er hat abgeblockt, und erst nach vielen Anläufen ist er damit herausgerückt, dass ihn die anderen pausenlos misshandeln und sekkieren – *mobben* heißt das heutzutage. Sie haben ihn hauptsächlich wegen seines Aussehens aufgezogen, wegen seiner Hasenscharte. Weil er anders war. Das und nichts anderes war die Triebfeder für meinen Film. Dem Anderen, dem

Fremden eine Chance zu geben, darum ging es mir. Den Zuschauern und letztlich auch dem Mario und mir die Möglichkeit zu geben, dieses Fremde zu verstehen und zu begreifen, dass kein geistig unversehrter Mensch zum Monster wird, nur weil er fremd ist. Dieses Monster steckt nämlich im Fremden ebenso wie im Vertrauten, dieses Monster steckt in jedem, und es wartet nur darauf hervorzubrechen. So, wie meine Frau gesagt hat: Nimm den Leuten ihre Würde, und sie werden zu Bestien. Natürlich läuft das Fass bei manchen Flüchtlingen mit ihren rückständigen Wertvorstellungen und ihren schlimmen Vorgeschichten leichter über, aber sehen Sie sich zum Beispiel Marios Schulkollegen an: Die sind ja auch nicht als Sadisten auf die Welt gekommen. Man hat sie wahrscheinlich schon im Kleinkindalter so erniedrigt, dass sie ihren Glauben an sich selbst verloren haben. Und dann haben sie ihre mangelhafte Selbstachtung zu kompensieren versucht, indem sie einen Schwächeren schikanieren."

„Bedeutet das, dass Sie dem Mörder Ihrer Frau verziehen haben?", fragt der Lemming leise.

„Nein. Ich träume immer noch davon, ihm grauenhafte Qualen zu bereiten. Aber mittlerweile kann ich akzeptieren, dass das Gesetz mir die Erfüllung dieses Traums verbietet."

„Und der Mario? Hat er damals seinen Mitschülern verziehen?"

„Ich weiß nicht. Wir sind hierher umgezogen, und ich habe ihn die Schule wechseln lassen. Damit war es eigentlich erledigt. In der neuen Schule ist er ..." Rampersberg verstummt. Er hebt die Hand zur Stirn und streicht sich langsam über das Gesicht, ehe er weiterredet. „In der neuen Schule war er zwar auch nicht beliebt, aber man hat ihn wenigstens nicht ständig drangsaliert."

„Was haben die ihm damals eigentlich getan?"

„Sie haben seine Hefte angezündet, ihn mit Wasser übergossen, ihn beschimpft und ihn geschlagen. Einmal haben sie in seine neuen Sneakers uriniert, und einmal hat er einen toten Hasen in der Schultasche gefunden. Philipp, Lukas, Jakob. Für die drei muss es so etwas wie ein Wettbewerb gewesen sein, ihn täglich vor den anderen Schülern bloßzustellen. Das Schlimmste war für ihn, dass sie ihm seinen Namen weggenommen haben."

„Wie?"

„Sie haben ihn nicht Mario genannt, sondern ihm einen Schimpfnamen gegeben. Und den haben sie so beharrlich angewandt, dass ihn am Schluss die ganze Klasse so gerufen hat. Verhöhnung und Identitätsraub: Das war immer schon die Vorgehensweise der organisierten Menschenschinder."

„Wie hat man ihn denn gerufen?"

„So." Kurt Rampersberg zeigt auf Bens Smartphone. „So wie in der Nachricht da."

Der Lemming stutzt. „Sie meinen ... Hasenfratze?"

„Ja."

„Aber das ist doch eine Spur! Ich meine, dieser Ausdruck ist doch nicht gerade weit verbreitet! Ich hab ihn bis vorgestern noch nie gehört."

Der Regisseur zuckt mit den Schultern. „Ja, schon möglich", murmelt er. „Aber das Posting stammt mit Sicherheit von keinem Elfjährigen. Eher von einem Erwachsenen, der möglichst einfach formuliert und ein paar Rechtschreibfehler macht, damit er für ein Kind gehalten wird. Dafür spräche auch dieser Nickname, diese Siebenundsiebzig. Manche Leute weisen so auf ihr Geburtsjahr hin."

„In welche Schule ist der Mario denn gegangen?"

„Es war ein Gymnasium im 19. Bezirk. Das Schebesta-Gymnasium.“

Ein Ruck geht durch den Lemming. Er versteift sich; seine Miene gleicht der eines fassungslosen Bürgers von Pompeji im Angesicht des Feuer speienden Vesuvs.

Fast zwanzig Jahre ist es her, dass ihn der Mord an einem alternden Lateinlehrer ins Schebesta-Gymnasium geführt hat. Unehrenhaft entlassen aus dem Polizeidienst, hatte er sich damals kurzzeitig als Detektiv verdingt. Eine traumatische Erinnerung, die ihm noch heute in den Knochen sitzt. Möglicherweise ist es aber auch das Echo seiner eigenen Schulzeit, das so dissonant in seinen Ohren nachklingt. Dieser Druck im Magen, dieser Eiertanz im Spannungsfeld zwischen den Mitschülern, Lehrern und Eltern, diese stete Furcht vor einem Fehltritt.

„Gut ... ich werde mich dort umhören“, sagt er mutlos. „Vielleicht ist es ja der Heuhaufen, in dem die Nadel steckt.“

„Viel Heu“, stimmt Rampersberg lakonisch zu. „Ich werde eine große Scheune brauchen.“

5

Am Wiener Himmel ziehen die ersten Vorboten eines Gewitters auf. Noch schleicht der Dunst behäbig durch die Häuserschluchten, eine schwere feuchte Masse, aber er trägt schon den Sturm in sich. Es ist ein Luftholen für die erste Bö.

Zwei Stunden hat der Lemming bei Kurt Rampersberg verbracht, und als er – von Amars finsterem Blick begleitet – wieder aus dem Haus getreten ist, da hat er aufgeatmet. Nicht nur, weil ihm das vorangegangene Gespräch so zugesetzt hat, sondern auch, weil die zwei Journalisten nicht mehr vor der Tür gestanden sind. Wenn man von Glück spricht, denkt er, meint man meistens nur den flüchtigen Moment, in dem das Unglück Pause macht.

Kurz vor halb zwölf steht er vor der Betonmauer des Schebesta Gymnasiums und wartet auf Polivkas Ankunft. Ehe er aus Hietzing hierher aufgebrochen ist, hat er Polivka eine Textnachricht geschickt, und der hat umgehend geantwortet. *Ich komme auch*, hat er geschrieben, *warten Sie auf mich.*

Entsprechend fällt auch die Begrüßung aus, als Polivka ein wenig später vor der Schule eintrifft.

„Wie Sie wünschen", sagt der Lemming kühl. „Dann bleiben wir beim *Sie*, Herr Polivka. Mir soll es recht sein."

„Herrgott, Wallisch, sei nicht gleich beleidigt, wenn ich mich auf meine alten Tage erst an ein besoffenes *Du* gewöhnen muss. Als hätten wir nicht auch schon so genug Probleme“, gibt Polivka kopfschüttelnd zurück.

„*Besoffenes Du*, verstehe. Polivka, du bist ein unverbesserlicher Soziopath.“

„Ein alter Hund, der einen neuen Trick probiert.“ Polivka grinst. „Was machen wir hier eigentlich?“

„Die Drecksau suchen, die den kleinen Mario in den Tod getrieben hat.“

In kurzen Worten informiert der Lemming Polivka von seinem Treffen mit Kurt Rampersberg. „Haben dir deine Kollegen mit der Internetadresse weiterhelfen können?“, fragt er schließlich.

„Ex-Kollegen, Wallisch, Ex-Kollegen. Immerhin hab ich sie dazu überreden können, in die Asservatenkammer zu marschieren und die Nachricht von Marios Handy an die Medien zu schicken. Früher oder später könnt uns das ein bissel Luft verschaffen. Aber diese Internetadresse können wir uns abschminken. Für eine Rückverfolgung bräuchte man einen Gerichtsbeschluss, und der ist so nicht zu bekommen. Wenn es sich bei Ausdrücken wie Trottel, Hasenfratze oder Krüppelkind um eine gefährliche Drohung oder um eine Verleumdung handeln tät, dann ja, dann hätten wir's mit einem Offizialdelikt zu tun. Aber in dem Fall geht's um Ehrenbeleidigung, da werden die Ex-Kollegen nicht von selber tätig, weil es ein Privatanklagedelikt ist. Das bedeutet, dass der alte Rampersberg als nächster Angehöriger zuerst beim zuständigen Strafgericht Anzeige gegen unbekannt erstatten müsste. Was er wahrscheinlich nicht tun wird, wenn er sich den Strafrahmen vor Augen hält: Die Höchststrafe für Ehrenbeleidigung beträgt drei Monate Gefängnis.“

„Das ist nicht dein Ernst ...“

„So steht es im Gesetzbuch, Wallisch. Wenn wir also unsere Ehre wiederherstellen und das Arschloch kriegen wollen, wird uns nichts anderes übrig bleiben, als höchstselbst zur Tat zu schreiten. Und zu diesem Zweck“, sagt Polivka nicht ohne Stolz, „hab ich uns was besorgt. Schau her.“ Mit einer feierlichen Geste holt er eine Zellophanhülle hervor, in der zwei undefinierbare haarige Knäuel stecken. „Unsere Visagen kennt inzwischen jeder, der im Internet herumsurft, also hab ich mir gedacht, wir machen uns ein bisserl schön. Ich fühl mich ohnehin so nackert, seit ich mir meine Matratze abrasiert hab.“

„Bärte?“, fragt der Lemming. „Falsche Bärte? Spinnst du?“

„Keineswegs. Die sind vom Feinsten, Wallisch, handgewebt aus echten Haaren. Kein selbstklebender Plunder aus dem Faschingszubehörgeschäft; man muss sie selber festpicken, mit Mastix, wie am Burgtheater. Das schaut aus wie selbstgewachsen. Eine Brille hab ich auch für dich, aus Fensterglas.“

Und schon zieht Polivka den Lemming mit sich, um – hinter den Autos auf dem schuleigenen Parkplatz – die Verwandlung vorzunehmen.

„Großartig“, schwärmt er eine Viertelstunde später, während er am Kinn des Lemming ein paar letzte Härchen glatt streicht. „Du schaust aus wie dieser Schauspieler, wie heißt er noch? Der Dings ... Fritz Karl. Setz jetzt noch die Brille auf ... Nicht wiederzuerkennen, ehrlich, Wallisch. Was für eine Wohltat!“

Zögernd tritt der Lemming vor den Seitenspiegel eines der geparkten Autos. Er sieht einem Fremden in die Augen. Einem Fremden, wie aus einer anderen Zeit gestanzt und durch ein Wurmloch in das Jahr 2019 transferiert. Polivka hat ihm einen so genannten Henriquatrebart in das Gesicht geklebt: ein ringförmiges Haarteil, das sich über seine Oberlippe an den Mundwinkeln entlangzieht und am Kinn wieder zusammentrifft. Die tropfenförmige Metallbrille, Relikt der späten Siebzigerjahre des vergangenen Jahrhunderts, komplettiert das Bild. Obwohl man diese Art von Augengläsern als Pilotenbrille titulierte, wurde sie vor allem von Finanzbeamten, Pornodarstellern und progressiven Religionslehrern getragen. Und von einem damals sehr beliebten Fernsehkommissar.

„Das ist eine Verarschung, Polivka. Ich schau doch aus wie eine Mischung aus Derrick und Che Guevara. Ich ..." Der Lemming stockt, als er sich umdreht.

„Nenn mich Lincoln", meint Polivka fröhlich. „Oder meinetwegen Abraham."

Ein flauschiger grauschwarzer Halbkreis ziert den unteren Rand von Polivkas Gesicht, ein schnurrbartloser Vollbart, der tatsächlich an den einstigen amerikanischen Präsidenten denken lässt.

„Das Ding heißt Schifferkrause", brummt der Lemming, dem die Sache wider Willen Spaß zu machen beginnt. „Ich werde also Ahab zu dir sagen. Captain Ahab."

„Das gefällt mir. Aber jetzt", sagt Polivka mit einem Blick zum Himmel, der inzwischen grauschwarz ist wie seine Schifferkrause, „lass uns Anker lichten. Wir bekommen schwere See."

„Aye-aye, Captain, mein Captain", nickt der Lemming.

„Womit wir wohl wieder bei Lincoln wären." Polivka geht los, entschlossen stapft er auf das Schulgebäude zu.

Sie stehen vor dem Klassenzimmer der 2 B, laut Rampersberg der Klasse, die Mario vor seinem Schulwechsel besucht hat. Links und rechts der menschenleere Korridor, auf einer Seite von geschlossenen Türen gesäumt. Die andere Seite wird von einer langen Fensterfront gebildet, gegen die nun schwere Regentropfen schlagen. Und schon wieder, denkt der Lemming, ist da dieses eigenartige Gefühl, diese Beklommenheit, die sich in seiner Schulzeit so in ihm verankert hat, dass sie noch vierzig Jahre später nachklingt. Diese Angst, während des Unterrichts unerlaubterweise auf dem leeren Flur zu sein. Jetzt einem Lehrer oder dem Direktor zu begegnen, hieße, sich gestrengen Blicken, folgenschweren Fragen und einer entsprechend harten Strafe ausgesetzt zu sehen, im schlimmsten Fall dem Schulverweis.

„Zum Glück", sagt Polivka, „hab ich noch meine alte Dienstmarke. Die hab ich irgendwann verloren, und später, wie ich schon die neue hatte, ist sie wie durch Zauberhand zu mir zurückgekehrt."

„Du hast das nicht gemeldet?"

„Hab's vergessen. Ist nicht mehr zu ändern ..."

„Glücklich ist, wer vergisst, was nicht mehr zu ändern ist." Der Lemming greift zur Türklinke und zieht die Tür auf.

„Deshalb nennen wir die beiden Winkel eines Winkelpaars, die sich auf hundertachtzig Grad ergänzen ..."

Stille. Fünfundzwanzig Augenpaare wenden sich Polivka und dem Lemming zu. Auch das der jungen rothaarigen Frau, die – mit einem Stück Kreide und einem riesigen Dreieck bewaffnet – an der Tafel steht. Einer, wie offenbar nicht nur der Lemming findet, ausgesprochen hübschen jungen Frau. Polivka strafft sich neben ihm, ein Balzreflex, dem sich auch monogame Männchen nicht entziehen können.

„Haben Sie sich verlaufen?", fragt die Frau mit heller Stimme. „Falls Sie zum Direktor wollen, müssen Sie hundertachtzig Grad zurück, dann neunzig Grad nach rechts und fünfundvierzig Grad nach oben in den zweiten Stock."

Gekicher in den Bankreihen. Die Kinder tuscheln miteinander.

„Entschuldigung, wir wollten Ihren Unterricht nicht stören." Der Lemming räuspert sich. „Es geht aber um eine Angelegenheit von größter Dringlichkeit. Wir sind die Inspektoren ... Gregori und Horst vom Bundeskriminalamt."

„Und wie kann ich Ihnen helfen?"

„Höchstwahrscheinlich haben Sie schon von diesem Todesfall gelesen, der sich vorgestern in Hietzing zugetragen hat. Der elfjährige Bub. Mario Rampersberg."

Das Tuscheln in den Bankreihen schwillt an. Während der Lemming insgeheim die Kinder mustert, antwortet die Lehrerin: „Natürlich hab ich schon von der Tragödie gehört. Der arme Kleine, und sein armer Vater. Deshalb sind Sie also hier; der Mario war ja letztes Jahr in dieser Klasse. Trotzdem sollten Sie zuerst den Herrn Direktor informieren, bevor Sie hier so einfach in die Stunde platzen."

„Aber wir ... Wir kommen ja vom Herrn Direktor", lügt der Lemming, unterstützt von Polivkas bekräftigendem Nicken. „Er hat noch ein Telefongespräch zu führen, wird aber in ein paar Minuten zu uns stoßen."

„Ich verstehe. Aber vielleicht sollten wir nicht in der Klasse vor den Kindern ..."

„Hier herinnen", unterbricht der Lemming, „passt es schon."

Die Lehrerin hebt ärgerlich das Kinn und schweigt.

„Der Mario war sicher ein sehr aufmerksamer Schüler, nicht?", mischt Polivka sich jetzt mit einem schiefen Lächeln ein.

„Wie kommen Sie darauf?"

„Ich weiß nicht, aber ... Ich hätt immer aufgepasst bei einer Lehrerin wie Ihnen."

Eine klebrige Bemerkung, denkt der Lemming. Klebrig, anzüglich und fast schon übergriffig angesichts des jungen Publikums.

„Nicht bös sein, Herr Inspektor", gibt die Frau entsprechend kühl zurück, „aber was hat Marios Teilnahme am Unterricht mit Ihrem Fall zu tun? Ich könnt es Ihnen ohnehin nicht sagen, weil ich es nicht weiß: Der Mario war nämlich nie mein Schüler. Ich bin erst seit Herbst hier, als Ersatz für meinen Vorgänger, der jetzt an einer anderen Schule unterrichtet. Übrigens: Ich heiße Horny, Vera Horny. Und bevor Sie mich das auch noch fragen: Nein, mein Zweitfach ist Musik, nicht Englisch."

„Wär mir gar nicht eingefallen, die Frage", stammelt Polivka wie ein auf frischer Tat ertappter Lausbub.

„Umso besser." Vera Horny wendet sich wieder dem Lemming zu. „Ich dachte, dass die Sache mit dem kleinen Rampersberg geklärt ist. Dass es irgend so ein alter ... Dieses Wort kann ich nicht vor den Kindern sagen. Also dass da so ein geisteskranker alter Typ war, der ihn ..."

„Nein, das ist nur ein Gerücht im Internet gewesen", sagt der Lemming rasch. „Tatsächlich", fährt er mit erhobener Stimme fort, indem er sich zur Klasse dreht, „stehen drei von Ihren Schülern im Verdacht. Es heißt, sie haben den Mario in den Tod getrieben!"

Schlagartig hat es sich ausgetuschelt, schlagartig herrscht Stille in den Bänken. Klein und blass sitzen die Kinder da, und einige wenden verstohlen die Köpfe, um zur letzten Bankreihe zu lugen.

„Philipp Schidra, Lukas Praschak, Jakob Winkelberger, bitte tretet vor."

Ein greller Blitz erhellt die Fenster, alles hält den Atem an, und als nur einen Augenblick darauf die Pausenglocke durch den Raum schrillt, kreischen Kinderstimmen auf. Auch Vera Hornys Stimme mischt sich in den Chor des Schreckens.

„Alle raus!“, ruft sie. „Raus aus der Klasse! Schidra, Praschak, Winkelberger, ihr bleibt da!“ Sie wirft Polivka einen abschätzigen Blick zu. „Eines sag ich Ihnen: Falls sich Ihre Vorwürfe als ungerechtfertigt erweisen, kriegen Sie gehörige Probleme. Nicht nur mit dem Ministerium und dem Direktor, sondern auch mit mir.“

„Ich hab doch gar nichts gemacht“, murmelt Polivka kleinlaut.

Noch verschreckter wirken die drei Schüler, die inzwischen vor der Lehrerin und den zwei Männern stehen. Der Lemming würde darauf wetten, dass die dunklen Schlieren auf der Militärhose des rechten – eines untersetzten blonden Buben – nicht dem fleckigen Armeemuster des Stoffs geschuldet sind.

„Raus mit der Sprache, meine Herren“, sagt Vera Horny, und sie sieht dabei Polivka und den Lemming an.

„Okay, ihr drei“, beginnt der Lemming. „Letztes Schuljahr wart ihr mit dem Mario in der Klasse, stimmt's?“

Betretenes Nicken.

„Und? War er ein Freund von euch?“

Die Reaktion der drei spricht Bände. Wortlos werfen sie einander aus den Augenwinkeln Blicke zu: *Was sollen wir tun? Gestehen? Schweigen? Lügen?*

„Also kein besonders guter Freund, okay. Wart ihr vielleicht verfeindet? Oder war er euch egal?“

Der größte der drei Burschen, er steht auf der linken Seite, ringt sich jetzt zu einer Antwort durch. „Egal“, raunt er und senkt den Kopf.

„Das macht ja nichts. Man muss ja nicht befreundet sein. Wie heißt du?“, fragt der Lemming jetzt den dritten, einen Knirps mit abstehenden Ohren und braunen Haaren.

„Lukas Praschak.“

„Und wie nennen dich die anderen? Ich meine, hast du in der Klasse einen Spitznamen?“

„Die meisten sagen Luki ...“

„Luki, gut. Wie habt ihr denn den Mario gerufen? Oder hat er keinen Spitznamen gehabt?“

Der Braunhaarige bleibt die Antwort schuldig.

„Hast du ihn vergessen, Luki?“

„Nein. Aber Sie wissen ihn ja eh schon!“, bricht es jetzt hervor. „Und überhaupt sag ich jetzt nichts mehr ohne Anwalt!“

Würde sich der Lemming nicht so elend dabei fühlen, drei Elfjährige unter Druck zu setzen, würde er laut auflachen.

„Da hat wohl einer zu viel ferngeschaut“, nimmt Polivka ihm die Worte aus dem Mund.

„Du bist der Jakob, oder?“, fragt der Lemming jetzt den kleinen Blonden mit der Fleckenhose. „Sagst du auch nichts ohne Anwalt?“

Tränen treten in die Kinderaugen. Würde sich der Lemming nicht so elend dabei fühlen, an Marios Martyrium zu denken, würde er den Kleinen in den Arm nehmen und trösten.

„Also: Wie habt ihr den Mario genannt?“

„Wir ... wir ... wir haben ...“

„So, jetzt reicht's“, greift Vera Horny ein. „Ich muss doch wenigstens die Eltern informieren, bevor die Kinder hier von Ihnen ...“

„Hasenfratze“, murmelt Jakob. „Hasenfratze haben wir ihn genannt.“ Und während seine beiden Freunde ihm erboste Seitenblicke zuwerfen, beginnt er bitterlich zu weinen. „Das ... das wollt ich nicht“, schluchzt er. „Wir haben ihn doch nur ... nur ein bisserl ...“

„Gequält“, vollendet der Lemming den Satz. „Geschlagen und erniedrigt.“

„Und ihm in die Turnschuhe gebrunzt", sagt Polivka.

„Das mit den Schuhen war der Philipp", stößt der braunhaarige Luki jetzt hervor. Auch ohne Anwalt scheint er auf Strafmilderung zu spekulieren, indem er seinen Freund ans Messer liefert.

Vera Horny ist dem kurzen Wortgeplänkel halb bestürzt, halb irritiert gefolgt. „Das wird natürlich Konsequenzen haben", mischt sie sich nun wieder ins Gespräch. „So ein Verhalten akzeptieren wir nicht an unserer Schule. Aber was mir noch nicht wirklich einleuchtet, ist der Zusammenhang mit Marios ... Also mit dem, was vorgestern passiert ist. Die Attacken von den dreien hier liegen ja schon fast ein Jahr zurück."

„Haben Sie den Ausdruck *Hasenfratze* je zuvor gehört?", fragt sie der Lemming, während er Bens Smartphone aus der Tasche nimmt.

Die Lehrerin denkt eine Weile nach, um dann den Kopf zu schütteln. „Nein, noch nie."

„Ich auch nicht. Aber wenn man Spaß dabei empfindet, anderen – vor allem Schwächeren – wehzutun, dann ist der Name ziemlich gut gewählt. Der Mario hatte nämlich eine Lippenspalte, ziemlich unschön, er hat unter seinem Aussehen sehr gelitten. Ganz zu schweigen von dem Mord an seiner Mutter. Und jetzt lesen Sie", der Lemming deutet auf das Handy. „Das hier hat ihn vorgestern dazu gebracht, sich umzubringen."

Vera Horny liest, und ihr Gesicht spiegelt die wachsende Bestürzung wider, die die Nachricht auf dem Display bei ihr auslöst. „Hasenfratze", flüstert sie, und „Mama 77". Unvermittelt wendet sie sich den drei Buben zu. „Wer?!", brüllt sie. „Wer von euch ist Mama 77?"

Hornys Wutausbruch stößt auf verständnisloses Schweigen. Die Schüler sehen einander fragend an, der Lemming und die Lehrerin beobachten die Schüler, während Polivka mit einem unergründlichen Gesichtsausdruck die Lehrerin betrachtet.

„Gut. Dann werden wir das Gespräch im Beisein eurer Eltern fortsetzen. Der Herr Direktor müsste auch gleich da sein. Oder nehmen Sie die drei gleich mit aufs Kommissariat?“, fragt sie den Lemming.

Ehe der etwas erwidern kann, hebt Lukas Praschak zögerlich die Hand. „Darf ich was sagen, Frau Professor?“

„Ach! Ganz ohne Anwalt?“

„Ja ... Ich weiß nicht, ob das was bedeutet, aber ... Die Marie Girelli aus der Vierten, die hat nach den Osterferien herumerzählt, dass ihre Mutter einen vollen Shitstorm abgekriegt hat. Die hat ein Lokal in der Heiligenstädter Straße, gleich beim Bahnhof Spittelau, Café Girelli heißt es, und sie hat sogar für eine Woche zugesperrt, weil man sie so gedisst hat.“

„Und warum“, fragt Polivka, „soll uns das interessieren, Burli?“

„Na, weil die Marie gesagt hat, dass der Shitstorm hauptsächlich von einem Poster angezettelt worden ist, auf *Jabberpal,* und dass sein Name Papa 77 war.“

Ein lautes Donnergrollen lässt die Fenster zittern. Lukas Praschaks Worte aber klingen für den Lemming wie ein Paukenschlag. Er kann im Zwerchfell ein erregtes Kribbeln spüren, einen leisen Stromstoß wie beim ersten Kuss, beim Öffnen eines sehnsüchtig erwarteten Geschenks oder bei Benjamins Geburt, die ja dem Öffnen eines sehnsüchtig erwarteten Geschenks sehr nah gekommen ist.

„Café Girelli also?“, fragt er Praschak. „In der Heiligenstädter Straße?“

„Ja.“

„Dann überlassen wir euch vorerst der Gerichtsbarkeit der Frau Professor Horny und des Herrn Direktors.“

„Fliegen wir jetzt von der Schule?“ Es ist Philipp, der die Frage stellt. Philipp, der Große, der dem kleinen Mario die neuen Sneakers ruiniert hat.

„Besser rausfliegen als eingebuchtet werden“, kontert Polivka. „Sie haben uns sehr geholfen, Frau Professor.“ Er bedenkt die Lehrerin mit einer formvollendeten Verbeugung. „Küss die Hände.“

„Lieber nicht“, sagt Vera Horny.

„Was war vorhin los mit dir?“ Der Lemming fährt sich durch die nassen Haare; seine Kleider dampfen.

„Was soll los gewesen sein?“

„Geh bitte, Polivka! Du warst doch völlig neben dir, total konfus wie diese drei missratenen Hosenscheißer. Jetzt sag bloß, die fesche Lehrerin hat dir den Kopf verdreht.“

Polivkas Reaktion ist ungewöhnlich: Statt den Lemming anzuschnauzen, seufzt er auf, schaut traurig aus dem Taxifenster und sagt dann: „So einfach ist es nicht.“

„Dann sag es kompliziert.“

„Natürlich hat sie mir gefallen. Dir doch auch, obwohl sie ziemlich ruppig war. Aber was mich so aus der Bahn geworfen hat, war nur, dass sie mich wie ... ein Neutrum behandelt hat. Mit keiner Geste, keinem Wimperzucken hat sie mich als das fertile Männchen anerkannt, das ich noch immer bin. Und plötzlich hab ich das Gefühl gehabt, ich bin aus Luft: verbrauchte Luft in einem alten Sack.“

„Du bist halt nicht ihr Typ.“

„Nein, nein, es geht um etwas anderes. Ich kann mit Körben leben, aber wenigstens die Körbe will ich haben.“ Polivka seufzt noch einmal und ringt die Hände. „Es ist einfach nur ... das Alter“, sagt er leise. „Eines Tages wachst du auf, und du gehörst nicht mehr dazu. Der internationale Klub der Paarungswilligen hat dich verstoßen. Und für Millionen junger Frauen, die dir wie eh und je gefallen, bist du von heut auf morgen nur noch einer dieser altersschwachen Knacker, die mit Zahnprothesen, Bypässen und Hörgeräten durch die Gegend wackeln. Weißt du, das Erbärmlichste am Altwerden ist nicht der körperliche Niedergang, es ist, dass dein Geschmack nicht mitaltert. Du tät'st noch immer so gern spielen, aber man spielt nicht mehr mit dir."

Der Lemming sieht ihn fragend an. „Sag, Polivka, wie ist denn das mit der Sophie? Ich hab geglaubt, du bist ihr treu."

„Natürlich bin ich das, auch wenn es eine Fernbeziehung ist. Aber ich will mich frei dafür entscheiden, treu zu sein, ich will es nicht nur sein, weil die Natur mich dazu zwingt."

Der Lemming grinst. „Bevor du dir einen Rollator zulegst, schau dich einmal in den Spiegel: Der Inspektor Gregori mit seiner Schifferkrause könnt dein älterer Bruder sein, wenn nicht sogar dein Vater."

„Jessas na, der Bart!" Ein Griff ans Kinn, und schon zieht sich ein Lächeln über Polivkas Gesicht. „Das muss es sein! Ich schau viel älter aus mit der Matratze."

An den Falten und den Tränensäcken ändert aber leider auch ein falscher Bart nichts, denkt der Lemming, und er hütet sich zugleich davor, diesen Gedanken auszusprechen. Polivka die eine oder andere Frechheit an den Kopf zu werfen, mag zur gern gepflogenen Tradition gehören, doch gibt es Frechheiten, die sich nur allzu rasch als Bumerang erweisen.

6

Ein bescheidenes, schlampiges Refugium im grauen Vorhof Döblings, das ist das Café Girelli. Es befindet sich in einem der pompösen Stadtbahnbögen, über die schon lange keine roten Stadtbahnen mehr rattern. Dafür kreischen jetzt moderne U-Bahngarnituren um die Kurve. Mit ein wenig Fantasie könnte man sie für Möwen halten, die über die stete Brandung des Verkehrs in der Heiligenstädter Straße gleiten.

Der vertraute Duft von Bier und abgestandenem Rauch empfängt Polivka und den Lemming, als sie in das schummrige Gewölbe treten. Ein paar Holzbänke und Tische sind im leeren Raum mehr zu erahnen als zu sehen; nur hinter einer langen Budel flackert eine Neonröhre.

Eine Weile stehen die beiden Männer ratlos vor der Bar, dann aber horcht der Lemming auf. Aus einem Nebenraum, möglicherweise aus der Küche, dringt eine gedämpfte Stimme an sein Ohr.

„Ist wer daheim? Wir täten gern bestellen!“, ruft Polivka, der das Gemurmel auch gehört zu haben scheint, und zwei Sekunden später öffnet sich am hinteren Ende des Lokals eine versteckte Tür.

„Was wollen Sie denn? Wir haben zu!“ Eine sonore Stimme, überraschend laut in Anbetracht der Frau, der sie gehört. Die Frau ist klein und blass, und bis auf ihre

Haut ist alles dunkelgrau an ihr: das kurz geschnittene Haar, die Bluse und der Rock, der ihr bis zu den Knöcheln reicht. „Wir öffnen erst um sieben", fügt sie jetzt ein wenig freundlicher hinzu. Sie steckt das Handy ein, mit dem sie anscheinend gerade noch telefoniert hat, und macht sich daran, den Gastraum wieder zu verlassen.

„Sind Sie Frau Girelli?", fragt der Lemming rasch. „Sind Sie die Wirtin?"

„Ja und nein. Ich bin zwar Giulia Girelli, aber keine Wirtin. Weil es eine Wirtin erst ab sieben gibt."

„Und Ihre Tochter heißt Marie?"

Mit einem Mal herrscht Totenstille, nicht nur hier im Inneren des Lokals, auch außerhalb. Die U-Bahn-Möwen schweigen, sogar der Verkehrsfluss vor den Fenstern scheint versiegt zu sein.

„Was ist mit ihr?" So laut ihre Stimme vorher war, so leise ist sie jetzt. Bedrohlich leise. „Sagen Sie mir, wer Sie sind." Die Frau lässt die Tapetentür ins Schloss fallen und kommt langsam auf den Lemming zu. „Was ist mit meiner Tochter?", fragt sie noch einmal.

„Nichts ist mit ihr ... Also, nicht, dass ich wüsste. Wir sind nur gekommen, um ..." Der Lemming stockt und starrt auf Giulia Girellis rechte Hand, starrt auf den schwarzen Gegenstand, der darin liegt. Kein Handy, sondern eine Waffe. Ein Elektroschockgerät.

„Wer schickt Sie?", fragt Girelli tonlos.

Leider fühlt sich Polivka dazu bemüßigt, auf die Frage einzugehen, und leider wählt er eine denkbar missverständliche, um nicht zu sagen dumme Einleitung für seine Antwort. Eine Antwort, die – wie er dem Lemming später anvertrauen wird – so ähnlich lauten soll wie „Papa 77, dieses Pseudonym, führt uns zu Ihnen." Nun, die Syntax dieses Satzes ist bestrafenswert. Das wird Polivka schon nach zwei Worten zu spüren bekommen.

„Papa 77 ...“, sagt er frohgemut.

Girelli fährt zu ihm herum; ihr Arm schnellt vor, ein kleiner knisternd-blauer Lichtbogen flammt auf, und schon bohren sich die beiden Elektroden in den Ärmel von Polivkas dickem, aber regennassem Tweed-Sakko.

„Ha!“ Polivka schreit auf; der Stromschlag schleudert ihn nach hinten. Er prallt hart gegen die Budel, fegt zwei leere Gläser auf den Bretterboden und geht in die Knie, während Girelli mit dem flackernden Elektroschocker auf den Lemming eindringt.

„Fallen lassen!“, brüllt der Lemming. „Wir sind von der Polizei!“

Die Frau bleibt stehen. „Das müssen Sie mir erst beweisen“, zischt sie, lässt nun aber wenigstens den blauen Lichtbogen verlöschen – nicht so sehr als Zeichen guten Willens, wie dem Lemming scheint, als vielmehr, um die Batterie zu schonen.

„Schastrommel, meschuggene“, stöhnt Polivka. Er zieht sich an der Bar hoch und kommt wieder auf die Beine; der Elektroschock steht ihm noch ins Gesicht geschrieben. Zitternd nestelt er die alte Polizeimarke aus dem Sakko. „Ihr Glück, dass ich heut unbewaffnet bin. Jetzt geben S’ mir ein Seidel, aber dalli.“

„Wie gesagt, ein Missverständnis, tut mir wirklich leid. Darf’s noch ein Bier sein?“ Giulia Girelli stellt Polivkas eben erst geleertes Glas unter den Zapfhahn, ohne seine Antwort abzuwarten.

Im Café unter dem Stadtbahnbogen hat die Spannung in den letzten zehn Minuten spürbar abgenommen. Polivka zieht ruhig an einer Zigarette, und der Lemming leert nun auch sein Glas, um es der Wirtin hinzuschieben.

„Gerne“, meint er. „Und dann sagen Sie uns, was es mit diesem Papa 77 auf sich hat.“

„Dort, schauen Sie. Das hat man mir vor drei Wochen eingeworfen." Giulia Girelli deutet auf die Fensterfront, hinter der immer noch die grauen Regenwolken hängen. Gleich über der Eingangstür ist eines der Fenster notdürftig mit Plastikfolie verkleidet.

„Ja, ich seh's. Ein Stein?"

„Kein Stein. Ein Molotowcocktail."

„Wie bitte?"

„Sie haben mich schon verstanden. Eine Flasche, mit Benzin gefüllt und einem Stofflappen verschlossen. Ja, der Lappen hat gebrannt. Und nein, bis auf das Fenster ist nicht viel beschädigt worden. Jedenfalls nichts Sichtbares. Die Flasche ist beim Aufprall nicht zerbrochen, und die Lunte hat ein Gast mit einem Krügel Bier gelöscht."

„Erzählen Sie von Anfang an. Erzählen Sie uns von Papa 77."

Giulia Girellis Stimme klingt jetzt nicht mehr so sonor und kraftvoll. Sie wählt ihre Worte mit Bedacht, und trotzdem spricht sie ungezwungen und entspannt, fast so, als würde sie mit einem ihrer Abendgäste Smalltalk führen.

„Sie müssen wissen, dass ich beinah dreißig Jahre in der Politik war", sagt sie. „Keine große Nummer, niemand, den man aus dem Fernsehen kennt, aber ein hartnäckiges Sandkorn im politischen Getriebe des Bezirks. Als Schülerin bin ich schon bei der Aubesetzung in Hainburg gewesen, und nachdem wir es geschafft haben, den Kraftwerksbau zu stoppen, hab ich mich den Grünen angeschlossen. Meine Güte, war das eine gute Zeit. Man war nicht immer einer Meinung, aber man hat zugehört, was andere zu sagen haben, man war aufgeschlossen, lernbereit, man hat einander respektiert. Weil es da nämlich eine Grenze gab, die keiner überschritten hat: das Recht auf Selbstbestimmung, Souveränität. Das Recht auf Würde."

„Dieses Wort hab ich heut schon gehört", murmelt der Lemming.

„Ja, man hört das heutzutage öfter, aber damals hat man es auch ernst gemeint. Es war noch keine heiße Luft, wie sie uns seit den Neunzigerjahren um die Ohren geblasen wird. Da hat nämlich der Niedergang begonnen. Der Verfall von allem, was Respekt, Gesprächskultur, Sozialbewusstsein und Kooperation in unserer Zweiten Republik bedeutet haben. Bei den Sozialisten haben ideenlose Sachzwängler und Selbstbereicherer die Zügel in die Hand genommen und den Karren in einer Weise an die Wand gefahren, dass die Roten von den Schwarzen bald nicht mehr zu unterscheiden waren. Bei den Blauen haben korrupte, skrupellose Brüllaffen die Oberhand gewonnen. Nur die Grünen sind als Einzige noch halbwegs anständig und konstruktiv geblieben. Bis sie vor elf Jahren von einer Dame übernommen worden sind, die das ganze Land in eine Besserungsanstalt für beschränkte, aufmüpfige Pubertierende verwandeln wollte. Hypermoralismus statt moralischem Bewusstsein, überfeinerte Empörungs- statt Gesprächskultur, das war ihre politische Vision. Sie hat uns einen Scherbenhaufen hinterlassen, wie sie sich vor zwei Jahren davongestohlen hat. Und was macht sie heute? Engagiert sie sich gegen den Klimawandel? Hilft sie Obdachlosen? Ist sie vielleicht in der Suchtberatung tätig?" Giulia Girelli stößt ein heiseres Lachen aus. „Im Gegenteil. Sie verdient sich bei einem der größten Glücksspielkonzerne der Welt eine goldene Nase. Und ich würde meinen Arsch darauf verwetten, dass sie ohne Wimpernzucken zu einem Tabakkonzern gegangen wäre, wenn das Angebot gestimmt hätte."

Polivka greift zu seinem Zigarettenpäckchen. „Was Verbote und Bevormundung betrifft“, sagt er, „bekleckert sich die SPÖ ja auch nicht unbedingt mit Ruhm. Jetzt darf ich in der U-Bahn nicht einmal mehr einen Müsliriegel essen.“

„Stimmt! Die Roten und die Grünen haben nichts unversucht gelassen, um die Leute zu vergraulen. Statt sich darum zu kümmern, dass die Wohnungsmieten leistbar bleiben, dass die arbeitenden Menschen mehr vom Kuchen abbekommen als die Spekulanten und ihr so genanntes *arbeitendes Geld*, dass die Konzerne keine Steuerprivilegien mehr genießen, dass es einen Ausgleich zwischen Arm und Reich und Mann und Frau gibt, rotzen sie den Wählern ins Gesicht, indem sie ihnen vorschreiben, wie sie sich in der Freizeit zu benehmen haben. Was glauben Sie, warum das Land seit über einem Jahr von neoliberalen Wende- und rechtsradikalen Schreihälsen regiert wird? Nicht nur wegen der von ihnen dreist herbeigeredeten und von den Medien hinausposaunten Flüchtlingskrise, sondern auch, weil sich die Leute ihre kleinen Laster nicht verbieten lassen wollen! Ihr Bier und ihren Tschick, ihre Entspannung nach der Arbeit, ihr Privatleben!“

„Die Politik ist eben Ausdruck des Gemeinwesens“, grinst Polivka, „und das Gemeinwesen heißt so, weil es gemein ist. Jedenfalls gemein genug, um jedem noch so kuriosen Modetrend zu folgen. Wenn also genügend Leute es als höchstes Daseinsziel betrachten, möglichst lange jung und schön zu bleiben und gesund zu sterben, sorgt die Politik schon bald für das entsprechende Gesetz.“

„Und wo bleiben die anderen?!“, ruft Giulia Girelli. „Was ist mit den Unmodernen? Keine Frage, dass das Rauchen eine ungesunde Sache ist. Aber erwachsene Menschen, die diese Gefahr bewusst in Kauf nehmen, wie Babys zu behandeln, die man stubenrein bekommen will, das steht Politikern in einem demokratischen System nicht zu. Schauen Sie sich diese Speichellecker an, wie sie vor selbstgerechter Tugend stinken! Wie sie sich bestärkt fühlen vom Gebrüll der Blockwarte und Sittenwächter auf der Straße, nur weil die naturgemäß viel lauter brüllen als die anderen, die einfach nur ihr Leben leben und in Ruh gelassen werden wollen. Und wie sie vor ein paar karrieregeilen Ärzten buckeln, die sich nicht darauf beschränken, Menschen zu behandeln, zu beraten oder vor gesundheitlichen Risiken zu warnen, sondern die sich kraft ihres Expertentums auch gleich in die Gesetzgebung einmischen. So, als würde eine Handvoll geltungssüchtiger Installateure ein Gesetz fordern, das das Rasieren in der Badewanne untersagt, weil sonst das Abflussrohr verstopfen könnte."

Polivka lacht auf. „Ein hübscher Vergleich. Vor allem auch in Anbetracht der vielen Kinder, die hier mit dem Bade ausgeschüttet werden."

„Und im Handumdrehen geht wieder eine Unmenge von Wählerstimmen an die Rechtsextremen, weil die das natürlich überrissen und sich gegen das totale Rauchverbot in gastronomischen Betrieben ausgesprochen haben. Es ist doch nicht zu fassen, dass die Einzigen, die die Interessen von zigtausend Menschen wahren, die Nazis sind! Den Schwarzen ist das alles sowieso egal, solang sie ungehindert ihre Freunde in der Wirtschaft protegieren und Sozialabbau betreiben können. Bravo, Grün, und bravo, Rot, für dieses weitere Eigentor."

„Das ist aber kein österreichisches Spezifikum", bemerkt der Lemming. Und bereut den Einwurf noch in der Sekunde: Statt Girelli einzubremsen, stachelt er sie nur zu einem weiteren Wortschwall an. Das Rednerpult des Parlaments, denkt er, verfügt über ein rotes Lämpchen, das den Abgeordneten das Ende ihrer Redezeit signalisiert. Er hätte jetzt auch gerne so ein rotes Lämpchen.

„Nein, natürlich nicht", stimmt Giulia Girelli zu. „Es ist eine globale Hysterie der reichen Länder, und es lenkt perfekt von den tatsächlichen Problemen ab. Genauso wie das scheinheilige Gendern, diese ganze unsäglich verlogene Political Correctness. Wieder eine rot-grüne Spezialität. Über die Sprache müsse man ein Kollektivbewusstsein für die Frauenrechte schaffen, heißt es. So, als ob das unfassbare Unrecht, das den Frauen tagtäglich zugefügt wird, nicht schon offensichtlich wäre. Warum kriegen Frauen für dieselbe Arbeit fast ein Viertel weniger bezahlt als Männer? Und jetzt zeigen Sie mir die Alleinerzieherin, die ihren Kindern für ein Binnen-I etwas zu essen kaufen kann! Das Feigenblatt der Sprachkosmetik suggeriert Verständnis, und so übertüncht es, dass sich im realen Leben nichts, aber auch gar nichts ändert. Wieder lachen sich die Neoliberalen ins Fäustchen: Gendern ist halt lange nicht so schmerzhaft wie gerechte Löhne zahlen."

Dem Lemming brummt der Schädel, und er hat den Grund dieses Besuchs, den Ausgangspunkt dieses Gesprächs schon fast vergessen. Doch die Predigt ist noch immer nicht zu Ende.

„Und genauso wird mit den Verlierern der Globalisierung umgegangen, mit den Hilflosen, Verzweifelten, die vor Verfolgung, Folter, Krieg und Armut flüchten. In Europa schreien alle auf, wenn einer das Wort *Neger* in den Mund nimmt, aber wenn die Afrikaner jedes Jahr zu Tausenden im Mittelmeer ertrinken, wird das achselzuckend hingenommen."

„Stimmt schon irgendwie", brummt Polivka. „Nur, wo bleibt der von Ihnen so beschworene Respekt, wenn Sie zu einem Schwarzen Neger sagen?"

„Tu ich doch auch nicht! Aber in Anbetracht der Scheußlichkeiten, die sich rund um uns und bei uns abspielen, ist die Spracherziehung doch bei Gott nicht unser dringlichstes Problem! Ich meine, wenn Ihr ganzer Hof brennt, löschen Sie doch nicht zuerst das Plumpsklo, um sich nachher, wenn das Haus, die Scheune und der Stall in Schutt und Asche liegen, stolz damit zu brüsten, dass Sie eh so engagiert waren, so bemüht und anständig. Wer nimmt Sie denn noch ernst, wenn Sie so deppert sind? Dass es die Rechtsextremen waren, die das Feuer überhaupt gelegt haben, ist den Leuten dann schon wurscht."

„Ich glaube, wir verstehen Sie, Frau Girelli", seufzt der Lemming jetzt. „Mir fehlt nur der Zusammenhang mit diesem Brandanschlag und auch mit Papa 77."

Giulia Girelli wirkt für einen Augenblick verwirrt. Es scheint ihr schwerzufallen, das Labyrinth ihrer Gedankengänge zu verlassen. „Okay, ich zeig es Ihnen", sagt sie dann. Sie zieht aus einem Fach unter der Budel einen Laptop, stellt ihn auf die Schank und klappt ihn auf. „Vor etwas mehr als einem Monat hab ich der Bezirkszeitung ein Interview gegeben, über meinen Werdegang und meine Überzeugungen, die Jahre in der Politik und das Café Girelli. Unter anderem hat die Redakteurin mich gefragt, warum ich eigentlich als Grüne und als Mutter einer vierzehnjährigen Tochter ein Lokal betreibe, in dem meine Gäste rauchen dürfen. Weil es meine Gäste sind, hab ich geantwortet. Und weil von den rund dreißig Restaurants, Cafés und Beiseln in unmittelbarer Nähe eh schon achtundzwanzig Nichtraucherlokale sind. Und weil ich hier nicht einmal Angestellte hab, die sich gestört oder geschädigt fühlen könnten. Und weil mich der aufgezwungene Gestank der Autos mehr belästigt als der freiwillig genossene Passivrauch. Und weil meine Tochter nach der Schule heim zu ihrem Vater geht – wir wohnen gleich hier um die Ecke. Außer, ich bin selbst zu Hause, dann steht er hinter der Budel. Apropos ..." Die Wirtin deutet auf den Zapfhahn. „Darf's noch eines sein?"

„Nein, danke", kommt der Lemming Polivka zuvor. „Und was ist dann passiert?

„Das Interview ist kurz darauf erschienen, und zu Ostern, am Gründonnerstag, da finde ich auf unserer Website einen Kommentar ..."

„Auf *Jabberpal*?"

„Genau. Man ist ja als Betrieb dazu gezwungen, auch im Internet präsent zu sein. Wer keinen digitalen Auftritt hat, der kann auch analog gleich abtreten."

„Okay, was war das für ein Kommentar?"

Statt einer Antwort zeigt Girelli auf den Laptop und dreht ihn den beiden Männern hin.

An Café Girelli – öffentlich
von Papa 77
18. April 2019, 12:45

Habt ihr das Interview mit der Besitzerin gesehen? Die Drogensucht fördern, den Rassismus kleinreden und allen Frauen ins Gesicht spucken! Und so was nennt sich grün und darf ein Kind erziehen! Ein Wunder, dass ihr überhaupt einer ein Kind gemacht hat, wo sie doch aus allen Löchern stinken muss wie ein versiffter Aschenbecher. Ihre Tochter ist ein Fall fürs Jugenamt, ihr Drekslokal gehört beseitigt, und sie selbst gleich mit dazu. Man sollte ihr das nikotinverseuchte Maul stopfn, bevor sie es noch einmal aufreißt!

Gefällt 383 Leuten
292 Mal geteilt

„Darunter können Sie die Reaktionen lesen ...“

> Echter Wiener
> 18. April 2019, 19:03
> Die Kneipe gehört abgefackelt. Voller Asozialer. War schon zweimal dort: Das erste und das letzte Mal. Am nächsten Tag die Kleider dreimal in die Waschmaschine, weil die so gestunken haben. Auch das Bier ist Kacke.

„Seh ich anders“, murmelt Polivka. Er greift zu seinem Zigarettenpäckchen und schiebt es über die Budel. „Wollen Sie eine?“

„Danke, nein“, sagt Giulia Girelli. „Ich hab aufgehört. Vor fünfzehn Jahren.“

> Goodnews
> 18. April 2019, 21:40
> Früher oder später brennen ihr die Raucher ohnehin die Hütte nieder. Und wer braucht das Jugendamt? Ich kann ich mich gerne um die Kleine kümmern ;-)

„Aus!“ Der Lemming stöhnt es, aber dieses Stöhnen fühlt sich innerlich wie ein Gebrüll an, wie ein wütender, hilfloser Aufschrei: Warum sind die Menschen so? Woher kommt diese Niedertracht, diese Gehässigkeit? Ein wenig brüsker, als er will, klappt er den Laptopdeckel zu.

„Am Ostersonntag“, sagt Girelli, „hat man mir die Brandbombe hier reingeworfen. Selbstverständlich hab ich gleich die Polizei geholt, die sind auch bald gekommen, haben sich alles angeschaut und ein paar Aussagen zu Protokoll genommen, mehr konnten die auch nicht tun. So richtig hat der Schock erst später bei mir eingesetzt, nachdem die letzten Gäste weg waren. Deshalb hab ich auch am nächsten Tag erst gar nicht aufgesperrt ...“

„Und sich einen Elektroschocker angeschafft“, nickt Polivka.

„Es tut mir wirklich leid ...“

„Na wenigstens hat’s zwischen uns gefunkt.“ Polivka grinst, und auch auf dem Gesicht der Wirtin macht sich jetzt ein Lächeln breit.

„I liaßert Kirschen fia di wochsen ohne Kern ...“, ertönt mit einem Mal die Stimme Karl Hodinas, und zärtliche Akkordeonklänge schweben durch den Raum.

„Entschuldigung.“ Der Lemming zieht sein Handy aus der Hosentasche. *Videoanruf Klara* steht auf dem Display.

Er wischt über den Text, und schon erscheinen Ben und Klara auf dem kleinen Bildschirm. Konsterniert starren sie den Lemming an.

„Wer sind Sie?“ Klaras Stimme bebt. „Und wo zur Hölle ist mein Mann?“

„Ich bin’s ja eh“, flüstert der Lemming. Rasch durchquert er das Lokal, um sich am anderen Ende an einen der Tische zu setzen. „Ich bin’s eh, aber ... inkognito.“ Er zupft demonstrativ an seinem falschen Bart.

„Wie cool ist das denn!“ Ben lacht auf. „Du hast dich als totaler Nerd verkleidet!“

„Ja, aber sprich bitte leise, Ben. Wo seid ihr beiden denn? Doch nicht im Niemandswald?“

„Du bist es wirklich ...“ Klara starrt noch immer ungläubig in ihre Handykamera. „Nein, wir sind nicht im Niemandswald, wir sind ins Weinviertel gefahren, nach Herrnbaumgarten. Der Polivka hat irgendwann einmal erzählt, dass er da einen guten Freund hat, einen Winzer namens Gutmaisch, weißt du noch? Bei dem sitzen wir jetzt im Heurigen.“

„Und? Hat man euch erkannt?“

„Ich weiß es nicht. Die Leute surfen hier zwar auch im Internet, aber sie wirken nicht so sensationsgeil und hysterisch wie die Städter. Man gewöhnt sich's vielleicht ab, den anderen Scheiße an den Kopf zu werfen, wenn ein jeder seine Jauchegrube hinterm Haus hat. Aber sag, was tut sich denn bei dir? Gibt's schon was Neues?"

„Wir sind dran, der Polivka und ich. Es scheint noch weitere Betroffene zu geben. Deshalb muss ich dich was fragen, Ben."

„Okay", raunt Ben verschwörerisch.

„Hast du den Ausdruck *Hasenfratze* in der Schule je gehört? Hat irgendwer bei euch den Mario so genannt?"

„Nein, Papa." Ben schüttelt den Kopf. „Erst vorgestern am Handy, da hab ich das Wort zum ersten Mal gelesen."

„Das ist gut. Sehr gut. Jetzt aber noch was: Du hast diese Frau erwähnt, die sich mit Internetadressen und so weiter auskennt. Die an eurer Schule ..."

„Die Georgette."

„Genau. Vielleicht kann uns die wirklich weiterhelfen. Wer, hast du gesagt, hat ihre Nummer?"

„Der Professor Zotti, unser neuer Mathelehrer."

„Zotti also. Ben, du warst mir eine große Hilfe. Ihr könnt bald wieder nach Hause, das versprech ich dir."

„Krieg ich dann auch mein Handy wieder?"

„Ja, mein Schatz."

„Schnapp dir die Drecksau, Papa. Und ... ich hab dich lieb."

„Ich hab dich auch lieb, Ben. Ich hab euch beide lieb."

„Gib acht auf dich", sagt Klara. „Und rasier dich."

„Hat Sie Ihre Frau doch noch erkannt?", fragt Giulia Girelli, als der Lemming wieder an die Bar zurückkehrt, und bedenkt ihn mit einem halb argwöhnischen, halb amüsierten Blick.

„Ja, ja ... Sie hat sich nur noch nicht an meinen Bart gewöhnt, den hab ich erst seit Kurzem."

„Ich versteh sie. Der sieht wirklich scheiße aus."

Der Lemming ringt um eine Antwort, während Polivka in fröhliches Gelächter ausbricht. „Meine Worte!", ruft er. „Meine Worte!"

„Wer im Glashaus sitzt, Kollege Gregori", versetzt der Lemming, „sollte sich zuerst einmal die eigenen Zotten stutzen."

„Wo wir grad von Zotten reden: Hat Ihr Sohn tatsächlich den Professor Zotti in der Schule?" Giulia Girelli sieht den Lemming an und hebt entschuldigend die Hände. „Keine Angst, ich hab Sie nicht belauscht, aber das eine oder andere war schwer zu überhören. Das mit dem Zotti beispielsweise."

„Warum fragen Sie? Kennen Sie ihn?"

„Natürlich. Bis vor ein paar Monaten war er der Mathelehrer meiner Tochter, dann ist eine junge Frau statt ihm ans Schebesta-Gymnasium gekommen."

„Horny", nickt Polivka wissend.

„Sie sind ganz schön informiert, Inspektor Gregori. Das heißt, der Zotti unterrichtet jetzt an einer anderen Schule?"

„Ja, das tut er", sagt der Lemming.

„Gott sei Dank. Falls Sie ihn treffen, lassen Sie ihn bitte grüßen. Er war immer anständig, egal, was über ihn geredet worden ist."

„Was meinen Sie?" Der Lemming fühlt schon wieder dieses Flattern in der Magengrube, dieses plötzliche, erwartungsvolle Kribbeln.

Giulia Girelli zögert, sie wägt sichtlich ihre Worte ab. „Den Zotti", sagt sie dann, „hat auch das Wehwehweh ereilt, das World Wide Web. Wie und warum, das müssten Sie ihn schon persönlich fragen. Danke jedenfalls, dass

Sie vorbeigekommen sind. Und falls Sie diesen Papa 77 finden, lassen Sie's mich bitte wissen."

„Aber gern", sagt Polivka. „Sie wollen ihm sicher auch ein paar Ampere verpassen."

Kühl ist es geworden, und die Wolken haben sich gelichtet. Nebelschwaden ziehen vorüber, als der Lemming und Polivka aus dem Stadtbahnbogen treten.

„Zotti", sagt der Lemming.

7

Nach Theodor Herzl, dem berühmten Vordenker und Wegbereiter zur Staatsgründung Israels, sind in der Wienerstadt ein Stück Asphalt, ein Treppenaufgang und ein Haus benannt: Neben dem Parkring findet sich der Theodor-Herzl-Platz, unweit des Stadttempels die Theodor-Herzl-Stiege und nur einen Häuserblock vom Augarten entfernt der Theodor-Herzl-Hof.

In diesem niemals renovierten und entsprechend ramponierten Hof wohnt Walter Zotti.

1956 hat man den Gemeindebau an einem der unzähligen bedeutungsschweren Punkte des zweiten Bezirks errichtet, im Zentrum des zweiten jüdischen Ghettos nämlich, der vom Mittelalter bis zur frühen Neuzeit so genannten Judenstadt. Nach der gewaltsamen Vertreibung der Bewohner im Jahr 1670 legte man das Areal mit angrenzenden Teilen des Stadtgebiets zusammen und gab ihm den Namen Leopoldstadt. Wie schon zweihundertfünfzig Jahre vorher (1420 hatte man die Wiener jüdische Bevölkerung zum ersten Mal enteignet und davongejagt oder ermordet) siedelten die Juden sich im Lauf der Zeit wieder hier an, und so stand an der Stelle des heutigen Theodor-Herzl-Hofs eine jüdisch-orthodoxe Mädchenschule – bis zur dritten großen Heimsuchung, dem „Anschluss" Österreichs an das Deutsche Reich. Hitlers Schergen funktionierten das Gebäude in ein Sammellager um, von dem sie zigtausende Menschen in die Todeslager schickten.

Vierundsiebzig Jahre nach dem Zweiten Weltkrieg ist die Leopoldstadt schon wieder Dreh- und Angelpunkt des Wiener Judentums. Vielleicht, so denkt der Lemming, hoffen die hier Lebenden auf eine Art von Halbwertszeit, auf ein Naturgesetz, das ihnen bis zur nächsten Katastrophe wieder ein paar hundert Jahre Ruhe gönnt. Ein junger Mann mit schwarzem Kaftan, Hut und einem imposanten Bart fährt auf dem Rad vorüber, seine Pejes flattern hinter ihm im Wind.

„Das nenn ich einen Bart", sagt Polivka. „Nicht so ein hässliches Gestrüpp wie deiner."

Nach dem Gespräch mit Giulia Girelli hat Polivka seine Polizeikontakte spielen lassen, um den Vornamen und die Adresse des Professor Zotti zu ermitteln. Ein Telefonat mit einem seiner Ex-Kollegen, und er hatte die gewünschten Daten.

„Glaubst du, dass uns der Lehrer wirklich weiterbringen wird?", hat er den Lemming dann gefragt. „Nur, weil uns die Madame zehntausend Volt erzählt, dass ihn zufällig auch das Wehwehweh ereilt hat? Das muss gar nichts heißen."

„Eh nicht. Aber erstens kennt er eine Hassposting- und Scheißsturmspezialistin, die uns vielleicht weiterhelfen kann, und zweitens ist er ein Verbindungsglied zwischen dem Mario und der Marie Girelli. Er hat beide unterrichtet, und er ist sogar gemeinsam mit dem Mario von einer Schule aus- und in dieselbe neue eingetreten."

„In die auch der Ben geht."

„Ja. Der Zotti ist jetzt anscheinend sein Mathelehrer."

„Und du weißt nicht einmal seinen Vornamen?"

„Ich weiß nicht einmal deinen, und mit dir bin ich per du."

Brille, Kinnbart, schütteres Haar. Ein Lehrer wie aus einem Lehrbuch. Walter Zotti ist kein anderer als der Mann auf Marios Klassenfoto, nur dass er jetzt nicht in einem grauen Anzug, sondern in einer verbeulten Trainingshose und einem zerschlissenen Pullover steckt.

„Ja, bitte?", fragt er durch den Türspalt, durch den man die vorgelegte Sicherungskette schimmern sehen kann.

„Gregori und Horst vom Bundeskriminal..."

Bevor der Lemming seinen Satz beenden kann, drückt Walter Zotti kurzerhand die Tür ins Schloss. Wahrscheinlich, um die Kette zu entfernen und die Herren hereinzubitten.

Polivka und der Lemming warten.

Zwei Minuten später wird es Polivka zu bunt. Er hämmert mit der Faust gegen die Tür und brüllt: „Aufmachen! Polizei! Wir wissen, dass Sie da sind!"

„Gut beobachtet", dringt Zottis Stimme durch das Türblatt. „Aber ich will trotzdem nicht mit Ihnen sprechen."

„Müssen wir die Tür aufbrechen?"

„Nicht, wenn Sie einen Durchsuchungs- oder Haftbefehl vorweisen können. Andernfalls ..."

„Den werden wir uns besorgen, wenn Sie jetzt nicht sofort öffnen! Das kann nämlich nur bedeuten, dass Sie Dreck am Stecken haben!"

„Dieser Mangel an logischem Denkvermögen ist signifikant für Ihresgleichen. Er ist auch der Grund dafür, dass ich nicht mehr mit Polizeibeamten rede."

„Tun Sie doch schon längst! Herrgott, Professor Zotti, machen Sie es doch nicht komplizierter, als es eh schon ist!"

„Ich bin Magister, nicht Professor. Und schon gar kein Herrgott. Trotzdem danke für Ihren Besuch. Adieu, Herr Kommissar."

„Inspektor!", poltert Polivka zurück. „Nicht Kommissar! Wir möchten Ihnen doch nur zwei, drei Fragen stellen. Was haben Sie denn für ein Problem?"

„Wer hat hier ein Problem? Der Mann, der keine Antwort gibt, oder der Mann, der keine Antwort kriegt?"

Der Lemming ist dem Wortgeplänkel still gefolgt, und er begreift, dass eine grundlegende Änderung der Strategie vonnöten ist, um Zotti zur Räson zu bringen. Kurz entschlossen schiebt er Polivka zur Seite, nimmt die Brille ab und reißt sich dann das ungeliebte Henriquatrebärtchen vom Gesicht.

„Au! ... Herr Magister, bitte werfen Sie jetzt einen Blick durch den Spion."

„Ja, und?", fragt Zotti wenige Sekunden später.

„Wissen Sie nicht, wer ich bin?"

„Woher soll ich das wissen? Wie gesagt, ich bin kein Herrgott."

„Einer Ihrer Schüler ist mein Sohn. Der Ben."

„Benjamin Wallisch?"

„Ja."

Was sich als Eigentor entpuppen hätte können, ist ein Schuss ins Schwarze. Innen wird die Sicherungskette aufgehakt, und Zotti öffnet anstandslos die Tür.

„Kommen Sie weiter."

„Geht doch." Polivka stolziert, den Herrn Magister keines Blickes würdigend, mit hoch erhobenem Kopf voraus.

„Sie waren noch nie in meiner Sprechstunde, Herr Wallisch." Walter Zotti stellt drei Mokkatassen auf den Couchtisch in dem kleinen Wohnzimmer.

„Das stimmt. Aber gewisse Dinge überlass ich lieber meiner Frau."

„Gewisse Dinge?"

„Ja. Speziell die schulischen." Der Lemming macht eine entschuldigende Geste, während Zotti den Kaffee einschenkt. „Ich fürchte, dass Sie trotzdem schon von mir gehört haben. Aus den Medien."

„Ich konsumiere keine Medien. Kein Internet, kein Fernsehen, nichts, was einen Bildschirm hat. Auch keine Zeitung. Aber manche – leider unvermeidliche – Informationen drängen mir meine Kollegen in der Schule auf, im Lehrerzimmer. Sie sind also der, von dem es heißt, er habe Mario Rampersberg verfolgt und in den Tod getrieben?"

„Ja, der bin ich. Mit Betonung auf *von dem es heißt*."

Ein bitteres Lächeln spielt um Walter Zottis Mund. Ein Lächeln wie ein lästiges Insekt, das man verjagt. Oder erschlägt. „Deshalb also der falsche Bart. Und Ihrer?", fragt er Polivka. „Auch angeklebt? Oder trägt man so etwas freiwillig?"

„Sie haben es nötig. Wenn Ihr lächerliches Haarbüschel nicht oberhalb des Kragens sitzen tät, hätt ich geschworen, es stammt von unterhalb der Gürtellinie."

„Polivka, ich bitt dich ...", wirft der Lemming ein.

„Sie heißen also gar nicht Gregori, Herr Polivka. Von Ihnen hab ich heut im Lehrerzimmer auch gehört. Ein Polizeiinspektor, der kein Polizist mehr ist. Das heißt, es steht einer gepflegten Unterhaltung jetzt nichts mehr im Wege, außer ... Ihnen."

„Bitte, meine Herren!", ruft der Lemming. „Das führt doch zu nichts!" Er atmet durch. „Herr Zotti ... Herr Magister Zotti, wir sind hergekommen, weil wir Sie um Ihre Hilfe bitten wollen. Mein Sohn hat mir gesagt, dass Sie uns den Kontakt mit einer Frau vermitteln können, die auf Sicherheit im Internet spezialisiert ist. Sie heißt, glaube ich, Georgette."

„Georgette Gallotard", nickt Zotti. „Ja, sie hält an Schulen Kurse ab, damit die Kinder ein paar Vorsichtsmaßnahmen beachten, ehe sie sich auf den Höllentrip ins Internet begeben. Das erinnert mich ein bisschen an die Lehrfilme, die den Amerikanern in der Zeit des Kalten Kriegs gezeigt wurden: Sobald die russische Atombombe im Anflug ist, versteckt euch rasch unter der Bettdecke, dann kann euch nichts passieren!" Walter Zotti seufzt. „Aber nichts gegen die Frau Gallotard, sie tut ihr Bestes. Und das sage ich nicht nur, weil wir uns nahestehen."

„Sie schanzen dieser Dame also Schulaufträge zu, weil Sie ihr nahestehen", meint Polivka mit einem süffisanten Grinsen.

„Ach, hätt ich nur Ihre Fantasie, Herr Polivka! Da hätte wahrlich Großes aus mir werden können. Polizist zum Beispiel, oder Zuhälter. Ein Jammer, dass es nur zu einem Mathematikstudium gereicht hat." Zotti wendet sich wieder dem Lemming zu. „Wir sind nur gute Freunde, die Frau Gallotard und ich. Wir haben einander beim Studium kennengelernt, vor achtzehn Jahren. Im letzten Herbst hat sie geheiratet, da bin ich aber nicht der Bräutigam gewesen, sondern nur ihr Trauzeuge."

Aus Zottis Worten meint der Lemming einen Hauch von Traurigkeit herauszuhören. „Wie kann ich sie erreichen?", fragt er.

„Um halb sieben", Zotti schaut auf seine Armbanduhr, „also in knapp einer Stunde treffe ich die Gallotards am Karmelitermarkt auf ein Glas Wein. Sie können mich begleiten, wenn Sie wollen."

„Sehr gerne, vielen Dank."

„Und falls Sie sich dann wieder hinter Ihrem Bart verstecken wollen, das Badezimmer finden Sie hinter der

Tür neben dem Eingang." Walter Zotti senkt den Blick und fährt nach einem kurzen Zögern fort: „Die Sache mit dem kleinen Rampersberg ist mehr als tragisch. Wissen Sie, er war in meiner Klasse, schon im letzten Jahr in Döbling. Wir sind beide von dort weggegangen und einander, wie der Zufall spielt, im Herbst wieder begegnet. Darf man fragen, ob Ihr Wunsch, Frau Gallotard zu treffen, mit dem Tod vom Mario zusammenhängt?"

Der Lemming nickt.

„Und inwiefern?"

„Ein anonymes Posting hat den Mario in den Tod getrieben. Schauen Sie." Wieder reicht der Lemming Bens Smartphone über den Tisch. Er tut es nicht nur, um sich von den schmutzigen Gerüchten reinzuwaschen, die inzwischen in der ganzen Stadt, im ganzen Land, ja in der ganzen Welt kursieren wie falsches Geld, er tut es auch, um den Lehrer zum Reden zu bringen, ihn aus der Reserve zu locken. „Deshalb ist der Bub gestorben", sagt er, während Zotti liest, „und deshalb haben wir beide, der Herr Polivka und ich, unsere Jobs verloren."

„Willkommen im Club", sagt Walter Zotti.

An Verein der Freunde des Schebesta-Gymnasiums – öffentlich
von Opa 710
3. September 2018, 16:55

Sehr geehrte Eltern!
Leider müssen wir Sie darüber informieren, dass sich ein wiederholt geäußerter Verdacht gegen ein Mitglied unseres Lehrkörpers als wahr erwiesen hat.
Magister Walter Zotti, seit 2005 als Mathematik- und Sportlehrer an unserer Schule tätig, ist im Lauf der letzten Jahre mehrmals nach Malaysia geflogen, um dort Kinder

zu missbrauchen. Fotos seiner Opfer – meistens zehn- bis zwölfjährige Mädchen – stellte er auf einschlägigen Webseiten ins Netz. Anhand der Bilder wurde Zotti gestern überführt. Diverse Zeugenaussagen und einen transkribierten Polizeibericht finden Sie hier: www.stop_sextourism.org.

Vor den malaysischen Behörden konnte Zotti letzte Woche fliehen. Die österreichische Polizei und das Unterrichtsministerium wurden bereits verständigt.

Walter Zotti sollte unverzüglich hinter Schloss und Riegel kommen, und er sollte niemals wieder unterrichten dürfen. Seine krankhafte Veranlagung macht ihn zu einer ständigen Gefahr für unsere Kinder. Dazu kommt, dass ausgerechnet dieser Mann politische Agitation der shlimmsten Art betreibt, indem er in den Klassnzimmern (und zuletzt auch in der Schülerzeitung) Hasstiraden gegen unsere Regierung loslässt.

Gefällt 356 Leuten
572 Mal geteilt

Es ist nur ein Computerausdruck, den der Lemming da in Händen hält: In Zottis Leben dürfte es tatsächlich keine Bildschirme mehr geben. Seltsam, dass die schwarze Tinte auf dem glatten, sauberen Papier die Zeilen noch gewichtiger erscheinen lässt, als es die flüchtige Zusammenrottung schwarzer Bildpunkte auf einem Monitor vermag. Der Lemming reicht den Ausdruck an Polivka weiter.

„Meine Arbeit habe ich zwar nicht verloren", sagt Zotti leise, „aber meinen Job und meinen Ruf. In der Schebesta-Schule war kein Bleiben mehr für mich, wie Sie sich vorstellen können. Auch in Anbetracht der Online-Kommentare vieler Eltern. Die Bezeichnung *per-*

verses Kommunistenschwein war noch der liebenswürdigste Begriff, mit dem man mich bedacht hat. Also hab ich um sofortige Versetzung angesucht, die mir nach Fürsprache des Schuldirektors auch gewährt wurde."

„Waren Sie denn überhaupt da unten in Malaysien?", fragt Polivka jetzt ernst und ohne jede Süffisanz.

„Noch nie. Nicht in Malaysia und nicht in Asien. Die Sommerferien verbringe ich normalerweise in den westlichen Provinzen Österreichs, in Salzburg oder in Tirol; ich wandere gern."

„Dann ist das alles nur erlogen?"

„Nein. Der Schluss entspricht mehr oder weniger der Wahrheit. Wenn die Menschen damit anfangen, aus Angst vor Repressalien zu schweigen, dann ist unsere Demokratie am Ende. Deshalb mache ich auch keinen Hehl aus meinem Unbehagen gegenüber unserer Regierung. Und wenn mich ein Redakteur der Schülerzeitung danach fragt, dann halte ich mit meiner Meinung auch nicht hinterm Berg."

„Und diese Website mit dem Polizeibericht?"

„Die hat nie existiert. Sobald man auf den Link geklickt hat, sind die Worte *Website nicht gefunden* auf dem Monitor erschienen. Aber so ein Link allein reicht ja schon dazu aus, dass alle die Geschichte glauben: *Ich kann die Beweise zwar im Augenblick nicht aufrufen, aber es gibt sie!*" Zotti zuckt die Achseln. „Diese Vorgehensweise hat ja bei gewissen Leuten Tradition. Bei Leuten, denen man nur selten in der Leopoldstadt, noch seltener im Theodor-Herzl-Hof begegnet. Auch den Juden hat man ja nicht immer direkt vorgeworfen, dass sie Juden sind. Stattdessen hat man sie bezichtigt, Hostien zu schänden, Kinderblut zu trinken oder Brunnen zu vergiften, und schon hat die so genannte Volksseele gekocht."

„Was haben Sie denn in dieser Schülerzeitung so Entsetzliches gesagt, dass man versucht, Sie zu vernichten?“, fragt der Lemming.

Zotti seufzt. „Es ist am Anfang noch um Bildungspolitik gegangen. Um die Frage, ob das Schulsystem bei uns für Chancengleichheit sorgt, für einen Ausgleich zwischen Kindern wohlhabender Akademiker und denen weniger gebildeter und nicht so reicher Eltern. Selbstverständlich ist das Gegenteil der Fall: Zwei Drittel aller Studienanfänger entstammen Akademikerfamilien. Warum zum Beispiel trennt man zehnjährige Kinder schon in Spreu und Weizen, wenn man doch in diesem Alter ihre Fähigkeiten überhaupt noch nicht beurteilen kann? Natürlich, um es der Elite zu ermöglichen, auch künftig unter sich zu bleiben. Also schiebt man Arbeiter- und Asylantenkinder möglichst rasch aufs Abstellgleis, damit sie der Jeunesse dorée die Plätze im Gymnasium nicht streitig machen. Weil sonst könnte sich am Ende Gott behüte noch herausstellen, dass die Brut der Putzfrau auch nicht blöder ist als die des Rechtsanwalts.“

„So haben Sie das auch in der Zeitung formuliert?“

„Natürlich hab ich das. Wie soll sich jemals etwas ändern, wenn die Kinder nie wer darauf hinweist, was in unserem Land im Argen liegt? Dabei hat es ja schon des Öfteren Anläufe gegeben, eine allgemeine Schule wenigstens bis vierzehn einzuführen. Was glauben Sie, wer hat sich quergestellt? Die Schwarzen. Immer wieder. Jetzt regieren sie, und sie tun ihr Möglichstes, damit die Schere zwischen den sozialen Schichten weiter aufklafft. An der Spitze der Geschmeidige – Entschuldigung, ich nenn ihn immer so –, ein Studienabbrecher, der laut verkündet, dass sich Leistung lohnen muss! Meint er das ernst? Von welcher Art von Leistung spricht er? Wer kann heute noch mit ehrlicher, solider Arbeit seinen Lebensunterhalt bestreiten und noch etwas für die Zukunft auf die Seite legen? Nein, das Geld fließt immer nur dahin, wo es schon ist: zu denen, die es ohnehin bereits im Überfluss besitzen. Eine Erbschafts-, Schenkungs- oder wenigstens Maschinensteuer einführen? Nie im Leben, niemals mit den Schwarzen. Ihrer Ansicht nach heißt Leistung nämlich, reich geboren zu sein und andere für sich arbeiten zu lassen. Deshalb kürzen sie auch lieber die Sozialhilfe, statt die Konzernherren und Spekulanten in die Pflicht zu nehmen: Auf die Ärmsten kann man ja gefahrlos eindreschen, die können sich nicht wehren, die kann man abstempeln, als Faulenzer, die sich auf Kosten braver Steuerzahler einen Lenz machen. Als ob die meisten Arbeitslosen nicht verzweifelt nach einer Beschäftigung, nach Sinn und Würde suchen würden! Weil die Kürzungen aber besonders auch die Asylanten treffen, kann man damit angesichts der xenophoben Grundstimmung im Land sogar noch Wählerstimmen sammeln."

„Also doch ein Kommunist", sagt Polivka.

„Selbst wenn Sie recht hätten, noch immer besser als ein Polizist."

„Als ob ich noch ein Polizist wär. Aber sagen Sie, was haben Sie eigentlich gegen die Polizei?"

„Dass sie mich nach den Lügen auf der Website des Gymnasiums festgenommen, eingesperrt und stundenlang verhört hat, und zwar in einem so flegelhaften, abfälligen Tonfall, dass ich mich zutiefst dafür geniert hab, als Beamter auch im öffentlichen Dienst zu stehen. Vertreter eines Rechtsstaats! Das hab ich gegen die Polizei, Herr Polivka. Und was genau haben Sie jetzt gegen mich?"

Polivka lässt sich mit der Antwort Zeit. „Es geht mir auf die Nerven", brummt er dann mit einer ärgerlichen Handbewegung, „dass wir in so vielen Dingen einer Meinung sind."

8

Mit einem Alter von etwa dreihundertfünfzig Jahren ist der Karmelitermarkt einer der ältesten Märkte Wiens. Ursprünglich auf dem Karmeliterplatz beheimatet, befindet er sich seit gut hundert Jahren auf dem Platz zwischen den Straßenzügen Haidgasse, Leopoldsgasse, Krummbaumgasse und Im Werd. Ein Platz übrigens, der trotz seiner Größe und Bedeutung (bis ins späte 19. Jahrhundert stand hier das k. k. niederösterreichische Provinzialstrafhaus) noch immer keinen Namen hat. Nicht, dass der Magistrat sich nicht darum bemüht hätte, ihm eine amtliche Bezeichnung zu geben. Die Versuche einer Namensfindung reichen bis ins Jahr 1914 zurück. Doch jeder Vorschlag der verschiedenen Parteivertreter scheiterte seither am Widerspruch der jeweils anderen. Ein namenloser Hundertjähriger als Opfer des traditionellen Parteiengezänks.

So nahe an der Innenstadt gelegen, ist die früher ärmliche, verschlafene Gegend mittlerweile zu einem beliebten – und entsprechend teuren – Wohnviertel der jungen bourgeoisen Bohemiens geworden. Und so kann man auf dem Karmelitermarkt neben dem Leberkäs des alten Pferdefleischhauers inzwischen auch veganes Slow Food, glutenfreie Veggieburger, eingelegte Lilienblüten und Karottensmoothies kaufen. Selbstverständlich gibt es auch mehrere Vinotheken, und im Gastgarten der neuesten – des *Klein und Wein* – haben sich inmitten anderer Gäste eine etwa fünfunddreißigjährige brünette Frau und ein kaum älterer, an den Schläfen aber schon leicht angegrauter Mann niedergelassen.

„Das sind die Gallotards", sagt Walter Zotti, während er seine Begleiter mit sich zieht und auf das Pärchen zusteuert.

Ein schöner Anblick, wie die beiden da im letzten Licht des Tages sitzen und – so wirkt es auf den Lemming – den frühabendlichen Trubel völlig ausblenden, nur Augen füreinander haben. Zwischen Scharen anderer Leute wirken sie wie zwei Gestrandete auf einer fernen Insel. Freiwillig Gestrandete, verliebt und alt genug, um die Verliebtheit nicht als Ziel, sondern als Ansporn auf dem langen Weg zur Liebe zu begreifen.

„Grüß dich, Schetti, servus, Gregor." Zotti küsst die Frau auf beide Wangen und umarmt den Mann mit einem freundschaftlichen Rückenklopfen. Dann bedeutet er Polivka und dem Lemming, sich dem Tisch zu nähern. „Ich bin heute in Begleitung, hoffentlich stört euch das nicht."

Nach einer Flasche Rotwein sind die ersten Hürden im Gespräch mit unvertrauten Menschen meistens überwunden. So auch hier. Obwohl der Lemming wieder seinen Henriquatrebart und die Pilotenbrille im Gesicht trägt, hat er sich den Gallotards als Leopold Wallisch vorgestellt, worauf Georgette ihn freundlich-interessiert gemustert hat.

„Ich hab Sie heute schon im Netz gesehen", hat sie gemeint. „Aber in echt schauen Sie ganz anders aus. Sie auch, Herr Chefinspektor."

Polivka hat kurz gezuckt, dann aber ein charmantes Lächeln aufgesetzt und sich verbeugt. „Man will eben nicht immer gleich erkannt werden", hat er geantwortet. „Berühmtheit kann auch eine Bürde sein. Und nennen Sie mich bitte einfach Polivka, ganz ohne Chefinspektor."

„Na, dann setzen Sie sich einmal her und trinken Sie ein Achtel. Mein Gefühl sagt mir, dass Sie nicht nur gekommen sind, um uns mit Ihren falschen Bärten zu beeindrucken."

„Obwohl, ein bisserl beeindruckt bin ich schon", hat Gregor Gallotard geschmunzelt. „Vielleicht sollte ich mir auch so eine Schifferkrause wachsen lassen."

„Entweder wir beide oder keiner", hat Georgette erwidert.

Eine Frau mit Scharfsinn und Humor, so denkt der Lemming jetzt, während Georgette den letzten Tropfen aus der ersten Flasche schüttelt.

„Eine geht noch, oder?", fragt sie Zotti, der sofort dem Kellner winkt, und wendet sich dann wieder an den Lemming. „Was Sie da vom Mario erzählen, ist schrecklich. So ein armer kleiner Kerl. Sein befremdliches Gesicht, die Grausamkeiten seiner Mitschüler, die Mutter tot, der Vater angefeindet ... Und dann kommt einer daher und macht ihm das einzige Glück kaputt, das ihm geblieben ist: die Anonymität, mit der er wenigstens im Internet noch Freunde finden kann." Georgette schüttelt betrübt den Kopf. „Ich hab ihn ja schon letztes Jahr in meinem Kurs gehabt, und heuer wieder, und was hat es ihm geholfen?"

„Also waren Sie auch in der Schebesta-Schule?", fragt der Lemming.

„Wie gesagt, vergangenes Jahr. Der Walter, also der Herr Zotti, hat mich hin vermittelt. Kurz bevor ihn auch so eine Hassbotschaft erwischt hat."

„Davon hab ich schon erzählt“, wirft Zotti ein. „Und ohne deine Hilfe hätt ich weder ein noch aus gewusst.“

„Was hab ich denn schon groß geholfen? Das ist ja die Krux an meinem Job: Ich kann nur Tipps geben, wie man gewisse Risiken vermeidet und was man am besten tut, falls doch etwas geschieht. Aber verhindern kann ich nichts. Und was den Mario betrifft, dem haben nicht einmal meine Tipps genützt. Dabei war er ja eh so vorsichtig: Er hat mir nach der Stunde auf dem Gang noch anvertraut, wie sehr er darauf schaut, mit seinem *Jabberpal*-Account inkognito zu bleiben.“

„Leider schauen die Täter auch darauf“, nickt Gregor Gallotard. „Davon kann ich ein Lied singen.“ Er hebt die linke Hand und streckt den Mittelfinger hoch. Eine obszöne Geste, deren Bedeutung sich erst auf den zweiten Blick erschließt: Die Hand ist voller Narben und der Finger krumm und dunkelbraun wie etwas, das man auf dem Grill vergessen hat.

„Die einzig gute Eigenschaft von Hasspostings besteht darin, dass man mit ihnen keine Briefbomben versenden kann. Sie ebnen nur den Weg, indem sie Grausamkeit und Bosheit zunehmend gesellschaftsfähig machen. Und wenn einer der gewaltbereiten Irren in diesem Land genügend aufgestachelt ist, dann hast du eines Tages wirklich eine Bombe in der Post und es reißt dir den Finger weg.“

„Was ist passiert?“

„Der Fußball ist passiert. Verfolgen Sie die österreichischen Spiele?“

„Eher selten“, antworten der Lemming und Polivka unisono. „Jedenfalls nicht mehr seit Cordoba“, fügt Polivka hinzu.

„Dann wird Ihnen der Name Janisch auch nichts sagen. Gregor Janisch, seinerzeit beim FC Schrattendorf im Mittelfeld.“

„Ich kenn noch nicht einmal den FC Schrattendorf", sagt Polivka.

„Den muss man auch nicht kennen, nicht einmal, wenn man auf Fußball steht. Die Schrattendorfer haben seit jeher in der Regionalliga gespielt, gegen Vereine wie die Sportunion Bad Gurk oder den SC Kemmelpfaff. Vor drei Jahren haben sie dann eine verheerende Saison gehabt, die sie in die Relegation gebracht hat, also in den Kampf gegen den Abstieg in die Landesliga. Die entscheidende Partie ist bis kurz vor dem Abpfiff Spitz auf Knopf gestanden, aber dann ein Foul im Strafraum, und der Schiedsrichter pfeift folgerichtig den Elfmeter. Für die Schrattendorfer. Und wer schießt? Der Janisch selbstverständlich. Er legt sich den Ball zurecht, unter dem ohrenbetäubenden Gebrüll der Schrattendorfer Fans. Die Spannung auf den Rängen ist fast nicht mehr auszuhalten. Aber leider schießt der Janisch nicht. Er läuft zwar an, schlägt aber einen ungeschickten Haken, um den Tormann auszutricksen, stolpert und knallt mit dem Kopf gegen den Ball. Die Nachspielzeit hat ihn dann endgültig zum Hassobjekt der Fans gemacht. Ein Eckball für die Gegner, und der Janisch köpfelt – zugegeben elegant – ins eigene Tor. Auf Wiedersehen, Schrattendorf, ab in die vierte Liga. Dort spielen sie bis heute."

„Und was hat das jetzt mit Ihrer Hand zu tun?"

„Der Janisch, dieser Pechvogel", gibt Gregor Gallotard zurück, „war schon am nächsten Tag in den sozialen Medien einer fürchterlichen Schmutzkübelkampagne ausgesetzt. Von Orgien und durchzechten Nächten vor dem Spiel bis hin zum Wettbetrug hat man ihm alles angedichtet, was die Karriere eines Sportlers ein für alle Mal beenden kann. Und dann, am Gipfel dieser kollektiven Raserei, hat man ihm diese Briefbombe geschickt."

„Moment", unterbricht Polivka, „ich kann mich dunkel an so einen Fall erinnern. Ich hab ihn zwar damals nicht bearbeitet, aber es ging um so was wie eine Verwechslung wegen einer Namensgleichheit. Ein bei seinen Fans in Ungnade gefallener Fußballer, dem jemand eine Bombe schicken wollte, und ein Unglücksrabe, der sie irrtümlich statt ihm bekommen hat, nur weil er zufällig denselben Namen hatte."

„Janisch", nickt Gregor Gallotard. „Gregor Janisch. So hab ich bis letzten Herbst geheißen, bis zu unserer Hochzeit. Ein wertvolleres Geschenk als ihren Namen hätt mir meine Frau nicht machen können." Er bedenkt Georgette mit einem Lächeln und legt zärtlich seine Hand auf ihre. „Gregor Gallotard, das klingt doch eleganter, und vor allem nicht so lächerlich wie Gregor Janisch. Fünfzig Cent für jedes Mal, wo jemand mich gefragt hat, ob ich eher ein Choral bin oder eher ein Kalender, und ich wär ein reicher Mann. Was meine Eltern sich dabei gedacht haben!"

„Die hätten Sie auch Viktor nennen können", meint Polivka grinsend.

„Ja. So heißt mein Bruder, der vor zwanzig Jahren nach England ausgewandert ist."

Ein Augenblick der Stille, dann brechen Georgette und Gregor in Gelächter aus.

„Entschuldigung", Georgette wischt sich die Tränen aus den Augen, „aber die Geschichte mit dem Bruder Viktor ist ein Running Gag bei uns."

Jetzt lachen auch Polivka und der Lemming auf. Nur Walter Zotti greift zu seinem Rotweinglas und trinkt. Er hat den Scherz wahrscheinlich schon zu oft gehört, um ihn noch amüsant zu finden.

„Ist der Absender der Bombe eigentlich verhaftet worden?", fragt der Lemming.

„Nein." Georgette zuckt mit den Schultern. „Die Ermittlung ist im Sand verlaufen. Aber wenigstens hat man dem Gregor seinen Finger wieder annähen können. Und der andere Gregor, also dieser Kicker, ist mit einem handsignierten Fußball zu Besuch ins Krankenhaus gekommen."

„Leider hab ich ihm den Stinkefinger damals nicht entgegenstrecken können", schmunzelt Gregor. „Ein von Viertligisten unterschriebener Ball ..."

„Und diese Hassposter? Die Leute, die im Internet gehetzt haben? Hat man die verfolgt?"

„Verfolgen kann man viel, aber erreichen kann man wenig", gibt Georgette zurück. „Weder beim Gregor noch beim Walter hat sich etwas aufgeklärt. Und auch in Ihrem Fall, besser gesagt im Fall vom Mario, wird es schwierig bis unmöglich sein, den Urheber des Hasspostings zu eruieren. Selbst wenn sich die IP-Adresse rückverfolgen lässt. Wahrscheinlich landen die Ermittler dann in einem Internetcafé, in dem sich jede Spur verliert."

„Es gibt keine Ermittler außer uns." Der Lemming ringt die Hände. „Ohne Anzeige von Marios Vater rühren die offiziellen Stellen keinen Finger. Fragt sich nur, was wir jetzt tun sollen?"

„Ruhig bleiben und warten, bis die Wogen sich geglättet haben. Wie es aussieht, werden Sie darauf gar nicht lange warten müssen." Gregor hat ein Smartphone aus seinem Sakko gezogen und den Blick darauf geheftet. Er liest konzentriert, dann streckt er es dem Lemming hin. „Da, schauen Sie."

diereine.at
16. Mai 2019, 19:18

Nachtwächter möglicherweise entlastet
Laut den neuesten Informationen soll der vorgestern verstorbene Sohn des Regisseurs Kurt Rampersberg (die REINE berichtete) von einer Hassnachricht auf der beliebten Plattform Jabberpal dazu getrieben worden sein, sich in den Tod zu stürzen. Ob es sich bei diesem unbestätigten Gerücht um eine Ausrede der Polizei handelt, die den bislang verdächtigen Nachtwächter Leopold W. (Name der Redaktion bekannt) nicht festnahm, oder ob der Elfjährige diese Nachricht tatsächlich erhalten hat, bleibt vorerst ungeklärt: Wie Jabberpal bestätigt, wurde der Account des kleinen Mario inzwischen stillgelegt.

Die REINE (stets vor Ort für ihre Leser) konnte Leopold W. zwar heute Vormittag vor Rampersbergs Hietzinger Villa (!) antreffen, er war jedoch zu keinem Kommentar bereit.

Die REINE aber fragt: Was wollte der Verdächtige bei Marios Vater, und warum verweigerte er jede Aussage? Verhält sich so ein unschuldiger Mann?

diereine.at – auch auf jabberpal

Leserkommentare

Freundlicher Geselle – 19:20
Wenn die Geschichte mit dem Posting stimmt, dann trägt der alte Rampersberg die Schuld. Wen wundert's, dass die Leute ihn zum Teufel wünschen? Meistens zahlen halt auch die Kinder (oder soll ich sagen: die Mischpoche?) für die Sünden ihrer Väter.

„Eine geht noch, oder?", fragt der Lemming.

„Unbedingt", erwidert Polivka, der mitgelesen hat.

„Das sind doch gute Nachrichten für Sie", sagt Gregor. „Dass *Die Reine* sich gegen die neue Faktenlage sträubt, ist klar. Sie hat ja bis vor Kurzem noch zur Hetzjagd gegen Sie geblasen. Außerdem ist ihre Redaktion nicht unbedingt regierungskritisch, und die Menschenfreundlichkeit vom Rampersberg geht ihr total gegen den Strich. Ein totes Kind als Opfer eines Pädophilen ist Wasser auf die Mühlen des Innenministeriums, aber ein Kind, das wegen der barmherzigen Gesinnung seines Vaters in den Tod getrieben wird? Sand im Getriebe, sag ich nur. So etwas kostet Wählerstimmen, Leser und natürlich Werbeeinnahmen. Die Wahrheit wird trotz allem bald ans Licht kommen; spätestens morgen hat die Redaktion das Posting dieser Mama 77 auf dem Schreibtisch liegen, und sie wird es zähneknirschend abdrucken, trotz aller Meinungsfeigheit und Verdachtsberichterstattung."

„Möglich. Trotzdem werd ich uns noch einen Wein bestellen", sagt der Lemming.

„Ein Mann, ein Wort", meint Gregor lächelnd.

„Ist die Sache dann für Sie erledigt?", fragt Georgette. „Ich meine, werden Sie es mit den falschen Bärten und den Nachforschungen gut sein lassen und sich wieder auf das echte Leben konzentrieren? Meiner Erfahrung nach ist das nämlich der beste Rat, den ich den Leuten geben kann. Man reibt sich bei der Jagd auf virtuelle Bösewichte auf, und irgendwann hat man viel mehr verloren, als einem diese Leute eh schon weggenommen haben."

Der Lemming sieht Polivka an, Polivka sieht den Lemming an.

„Nein", sagen beide gleichzeitig.

„Der Mario war auch kein virtueller Mensch", erklärt der Lemming. „Er war einfach nur ein kleiner

Bub mit einer sehr verletzten Seele. Einer Seele, die im Lauf der Jahre heilen hätte können. Aber dann kommt so ein feiges Schwein, verschanzt sich hinter seiner Anonymität und reißt dem Kind das Herz heraus. Ein Jahr lang wird der Bub von seinen Mitschülern gequält, dann wechselt er die Schule in der Hoffnung, die Hölle hinter sich zu lassen, nicht mehr Tag für Tag gedemütigt, geschlagen und als Hasenfratze abqualifiziert zu werden ..."

„Ja, von den Beschimpfungen hat er mir auch erzählt, wie wir uns damals in der Pause unterhalten haben", unterbricht Georgette.

„Und deshalb ist die Sache nicht für mich erledigt. Nicht, solange diese Drecksau ihre Strafe nicht bekommen hat. Das ist das Einzige, was ich noch für den Mario tun kann."

„Wo er recht hat, hat er recht", nickt Polivka. „Herr Ober, noch ein Flascherl, bitte!"

„Haben Sie denn schon was herausgekriegt?"

Der Lemming lässt sich Zeit mit seiner Antwort. Da ist etwas, das ihn ablenkt, etwas auf der anderen Straßenseite: eine dunkle Silhouette vor der koscheren Bäckerei in der Leopoldsgasse, eine Silhouette, breit und reglos wie ein Fels, auf dem man eine Kirche bauen kann.

„Amar?" Der Lemming schiebt den Stuhl zurück, steht auf. „Amar!"

Ein Lastwagen schiebt sich vorbei, versperrt für einen Augenblick die Sicht, und als der Wagen endlich um die Ecke biegt, ist auch der Schattenriss Amars, des Schrecklichen, verschwunden. Falls er es denn wirklich war.

„Ein Freund?"

„Nur ein Bekannter." Nachdenklich setzt sich der Lemming wieder hin. „Ob wir schon was herausgefunden haben? Nicht direkt. Aber ich glaube, dass der Urheber der Nachricht an den Mario derselbe ist, der auch die Lügen über Sie verbreitet hat, Herr Zotti."

„Und warum?", fragt Zotti.

„Wegen des Aliasnamens."

„Opa 710 und Mama 77? Das ist, um es mathematisch auszudrücken, eine Ähnlichkeit, aber noch lange keine Kongruenz."

„Es gibt noch eine weitere Geschädigte", mischt Polivka sich ein. „Die Frau Girelli ..."

„Giulia? Die Mutter von Marie Girelli?" Walter Zotti starrt Polivka an.

„Genau. Vor einem Monat hat sie auch ein Hassposting gekriegt, auf ihrer Website, samt den obligaten widerlichen Kommentaren. Und zu Ostern hat man ihr dann eine Bombe ins Lokal geworfen."

„Meine Güte!"

„Keine Sorge, sie ist Gott sei Dank nicht explodiert – also die Bombe nicht. Die Frau Girelli schon ein bisserl."

„Das ist kein Wunder, sie kann ziemlich resolut sein. Übrigens", wendet sich Zotti an Georgette, „du hast die Tochter auch in deinem Kurs gehabt."

„Ich kann mich noch erinnern", nickt Georgette. „Ein schwarzhaariges Mädel, und die Mutter hat sich, glaube ich, politisch engagiert."

„Ja, bei den Grünen. Aber hauptberuflich hat sie ein Café."

„Der Absender der Nachricht an die Frau Girelli", spinnt der Lemming jetzt den Faden weiter, „spricht in meinen Augen mehr für eine Kongruenz als nur für eine Ähnlichkeit. Er lautet Papa 77."

Gregor und Georgette halten den Atem an, nur Zotti stößt die Luft mit einem leisen Zischen durch die Zähne.

„Meine Güte", sagt er noch einmal.

Die dritte Flasche neigt sich ihrem Ende zu. Das Abendrot über dem Karmelitermarkt ist einem anthrazitfarbenen Nachthimmel gewichen: Sterne kann man durch die lichtverschmutzte Staubkuppel der Großstadt keine sehen.

„Was sind das eigentlich für Menschen?", wendet sich Polivka an Georgette. „Ich meine, diese Leute, die sich online auskotzen, die andere anpöbeln und fertigmachen. Sie sind ja vom Fach, Frau Gallotard, Sie müssten es doch wissen."

„Halbwegs, ja." Sie nickt, ein feines Lächeln um den Mund. „Man würde glauben, dass es sich um die Verlierer der Gesellschaft handelt, um die Ungebildeten und Armen, um die Chancenlosen, die sich Luft machen und einmal auf den Tisch hauen wollen. Aber das stimmt nicht. Meistens sind es halbwegs situierte Leute aus dem so genannten Mittelstand, nicht selten Akademiker. Wenn Sie ein Täterprofil von mir haben wollen, dann tät ich sagen: Österreicher, männlich, um die vierzig, höhere Schulbildung, Angestellter oder auch Kleinunternehmer, ledig oder in einer schon länger dauernden Beziehung."

„Warum das?"

„Weil frisch Verliebte anderes im Kopf haben", antwortet Georgette mit einem sanften Seitenblick auf Gregor. „Glückshormone machen dich verständnisvoll und mitfühlend, sie sind mit Hass nicht unter einen Hut zu bringen. Was aber viel interessanter ist", fährt sie dann fort, „das ist die Frage, was die Leute antreibt. Wie gesagt, es sind nicht die Verlierer, aber es sind Menschen, die sich schrecklich davor fürchten, eines Tages als Verlierer dazustehen. Sie fühlen sich andauernd bedroht, von links, von rechts, von oben und von unten und von außen und von innen. Unsere globalisierte Welt ist ihnen längst zu kompliziert geworden; ständig sind sie hin- und hergerissen zwischen dem Gefühl des Zorns und dem der Ohnmacht. Zorn auf unsichtbare Mächte, die den Karren der Zivilisation dem Untergang entgegensteuern, und Resignation, weil sie sich übergangen fühlen, der Zukunft ausgeliefert, ohne dass sie diese Zukunft mitgestalten könnten. Diese Leute fühlen sich grundsätzlich bedroht, wenn etwas sich nicht so entwickelt, wie sie's gerne hätten. Und dann beißen sie. Wie Straßenhunde."

„Klingt nach einem Pulverfass", bemerkt der Lemming. „Man braucht nur die Lunte anzuzünden."

Walter Zotti stellt sein Weinglas auf den Tisch und beugt sich vor. „Wie ungeheuer praktisch", sagt er, „ist es für eine Regierung, so ein Volk zu haben. Eine aggressive, aber leicht berechenbare Meute, die sich nach Belieben gängeln lässt. Man kann mit ihren Vorurteilen spielen und ihre Ängste schüren, sie gleichzeitig für sich gewinnen und gegeneinander aufhetzen."

„Natürlich. Und es lässt sich nichts dagegen tun, weil man in einem solchen Klima nicht mehr offen miteinander redet", nickt Georgette. „Weil die Gesprächs- und Streitkultur verloren geht. Du vertrittst den falschen Leuten gegenüber eine abweichende Meinung, und schon musst du um den Job, den Ruf und die Gesundheit fürchten."

„Abweichende Meinungen finden sich aber meistens nur im Internet", wirft Gregor ein. „Wo trifft man sonst auf Menschen, deren Ansichten den eigenen widersprechen? Biker treffen sich mit Bikern, Banker gehen mit Bankern aus und Bienenzüchter fachsimpeln mit Bienenzüchtern. Schau dir unsere Runde an: Wir sitzen hier und bilden quasi eine Blase, weil wir, wie ich annehme, aus ähnlichen sozialen Schichten stammen und in grundlegenden Dingen einer Meinung sind."

„Ein Polizist und ein studierter Mathematiker? In grundlegenden Dingen einer Meinung?“ Walter Zotti zieht schon wieder gegen Polivka vom Leder, angeheizt vom Rotwein und mit schwerer Zunge. „Mit Verlaub, aber das will ich erst einmal empirisch überprüfen. Herr Inspektor, sagen Sie, wie stehen Sie eigentlich zu Ausländern?“

Der gute Polivka. Auf ihn scheinen die zwei, drei Viertel Wein einen beruhigenden Effekt zu haben. Er wirkt fast verträumt, als er über die Frage nachdenkt, Zotti eine Zeit lang mustert und dann sehr bedächtig antwortet: „Ich bin prinzipiell kein großer Freund unserer Spezies. Aber ich bezweifle, dass es Weltregionen gibt, in denen durchschnittlich mehr Arschlöcher geboren werden als bei uns in Österreich.“

Der Lemming schmunzelt, und im Flackerschein der Windlichter, die mittlerweile auf den Tischen stehen, kann er auch Gregor lächeln sehen.

Georgette verzieht dagegen keine Miene. „Nein“, bemerkt sie leise, „nicht als Arschlöcher geboren, nur dazu erzogen. Wenn du also eine andere Meinung hören willst, Walter, dann such sie bei mir.“

„Im Ernst?“, fragt Zotti irritiert.

„Im Ernst. Ich bin ja nicht so blöd, dass ich das öffentlich in irgendwelchen Medien hinausposaune, aber ... ich hab große Vorbehalte gegen den Islam. So, jetzt ist es heraußen.“

Walter Zotti hebt die Arme und macht eine wegwerfende Handbewegung. „Ich hab große Vorbehalte gegen alle Religionen, Schetti. Aber warum ausgerechnet der Islam?“

„Weil er so unerbittlich ist, so rigoros. Und so humorlos. Dabei meine ich jetzt gar nicht die gewaltverherrlichenden oder frauenfeindlichen Passagen im Koran, man findet mindestens genauso schlimme Textstellen in der Bibel. Aber der Islam ist gut sechshundert Jahre jünger als das Christentum, er steckt noch in der Pubertät, in einer Sturm-und-Drang-Phase, die für das Christentum das Mittelalter war. Und was das Christentum im Mittelalter angestellt hat, brauch ich dir ja nicht zu sagen. Kreuzzüge, Inquisition und Kolonialismus, Sklaverei und Völkermorde in so gut wie allen Weltregionen. Einen Gutteil ihrer heutigen Probleme hat die Welt den Christen zu verdanken. Aber die von morgen bringen uns die Moslems."

„Als da wären?"

„Vor allem den Verlust der Wertvorstellungen, die uns die Aufklärung gebracht hat. Den Verlust der Trennung zwischen Religion und Staat, der Liberalität, des Humanismus und der Toleranz. Ich sag ja gar nicht, dass es nicht auch eine Unmenge an demokratischen und aufgeschlossenen Moslems gibt, die keine Juden hassen, keine Homosexuellen steinigen und keine Frauen unterdrücken. Aber es gibt eben auch die anderen: Heerscharen von brutalen Irren, die im Namen Allahs die abscheulichsten Gewalttaten begehen. Und sie sind im Vormarsch."

„Aber deshalb kannst du doch nicht alle über einen Kamm scheren."

„Eh nicht. Aber kann ich nicht gerade von den moderaten, aufgeschlossenen Moslems einen Schulterschluss gegen die krankenReckskerle erwarten, die in ihrem Namen Köpfe abschneiden und Kinder in die Luft sprengen? Wenn die gemeinsam auf die Straße gehen und gegen diese Nestbeschmutzer protestieren würden, wär das endlich mal ein klares Zeichen, auch in ihrem eigenen Interesse! Trotzdem sind nicht mehr als ein paar magere Statements dieses oder jenes Dachverbands,

Imams oder Moscheevereins zu hören. Wahrscheinlich, weil die einzelnen Gruppierungen – Schiiten und Sunniten, Aleviten, Ibaditen und so weiter – so zerstritten sind. Weil's keinen Hauptverantwortlichen gibt, der für die ganze Religion ein Machtwort sprechen könnte, keinen Häuptling, Oberguru oder Papst."

Der Lemming hat aufmerksam zugehört, und er muss sich im Stillen eingestehen, dass ihn Georgettes besonnen vorgebrachte Worte überzeugen. Jetzt aber beugt er sich vor und sagt: „Das heißt doch, dass die Moslems als Gesamtheit gar nicht so gefährlich sein können, weil sie ja gar keine Gesamtheit sind. Gefährlich werden wir uns nur selbst, wenn wir aus lauter Angst mit Flüchtlingen so umgehen, wie es die Regierung derzeit tut. Wenn wir traumatisierte Menschen, die sich nichts zuschulden haben kommen lassen, wie den letzten Dreck behandeln. Dann sind's nämlich nicht die so genannten Andersgläubigen, die unsere Wertvorstellungen bedrohen, dann schaufeln wir dem Humanismus selbst das Grab."

In Erwartung eines wohlbegründeten verbalen Gegenschlags richten die Blicke sich jetzt wieder auf Georgette. Die aber senkt den Kopf und schließt die Augen, so, als fiele sie in einen kurzen, tiefen Schlaf. Georgette denkt nach. Und taucht mit einem Lächeln wieder aus ihren Gedanken auf.

„So geht das", meint sie. „So geht diskutieren. Neugierig, aufgeschlossen und vor allem höflich. Das sag ich auch meinen Schülern immer, wenn sie glauben, ausgerechnet die verbohrtesten und flegelhaftesten Politiker als Vorbild sehen zu müssen: Wozu miteinander reden, wenn man nicht bereit ist, zuzuhören, vielleicht sogar etwas vom anderen zu lernen? Wenn man so auf seinem Standpunkt festklebt, dass man ihn, sobald einem die Argumente ausgehen, mit Beleidigungen, Diffamierungen und Drohungen verteidigt? Ja, Herr Wallisch, Sie haben recht. Wenn wir auf unsere Werte schon so große Stücke halten, sollten wir bei uns den Anfang machen und auch tatsächlich nach ihnen leben."

„Eine Frau, ein Wort", nickt Walter Zotti. „Deshalb werd ich uns noch eine Flasche Wein bestellen."

9

Den durch den sattsamen Genuss von Rotwein ausgelösten gastroösophagealen Reflux, auch als Sodbrennen bekannt, pflegt der gelernte Wiener Nachtschwärmer am Würstelstand auszukurieren. Denn eine heiße Käsekrainer ist das beste Mittel, um die aufsteigende Säure in den Ventriculus zurückzudrängen. Wer auf Nummer sicher gehen will, der verschließt den Mageneingang nach Genuss der Wurst mit einem scharfen Pfefferoni und versiegelt den auf diese Art entstandenen Pfropfen mit dem einen oder anderen Schluck Bier.

So auch Polivka und der Lemming, nachdem sie den Gallotards und Walter Zotti Lebewohl gesagt haben. Das *Klein und Wein* hat seine Pforten kurz nach zehn geschlossen, und die beiden sind zum Schwedenplatz marschiert, um ihre Speiseröhren medizinisch zu versorgen.

„Wallisch, wo ist unsere Spur? Wir haben so gut wie nichts herausgefunden." Polivka wischt sich die Lippen ab und greift zu einer der zwei Bierdosen, um sie zu öffnen. „Keiner hat uns heute weiterhelfen können. Einmal abgesehen davon, dass es mit Ausnahme vom Zotti sehr vernünftige und nette Leute waren."

„Auch die Girelli?"

„Nicht vernünftig, aber nett", grinst Polivka.

„Wahrscheinlich müssen wir die Sache anders angehen", meint der Lemming, während er die andere

Dose nimmt. „Wir haben drei fehlerhaft geschriebene Texte und drei Pseudonyme, die mit diversen Verwandtschaftsverhältnissen spielen: vorgestern Mama 77, vor einem Monat Papa 77 und vergangenen September Opa 710. Wenn sich derselbe Urheber hinter den dreien verbirgt, warum dann die verschiedenen Zahlen?"

„Keine Ahnung. Im Jahr siebenundsiebzig könnte man geboren sein, aber im Jahr siebenhundertzehn? Und warum überhaupt verschiedene Decknamen? Ich meine Opa, Papa, Mama ..."

„Na, um seine Spuren zu verwischen: Mit der Suchfunktion auf *Jabberpal* sind dann die anderen Postings nicht zu finden. Jedes Mal ein neuer, unbefleckter Name, unter dem er jemanden terrorisieren kann. Deshalb wissen wir auch nicht, wie viele Nachrichten es sonst noch von ihm gibt. Vielleicht sind es ja hunderte."

Der Lemming seufzt, und Polivka stößt einen veritablen Rülpser aus.

„Speiszamm, der Herr!", ruft der beleibte Würstelmann aus seiner Bude. Wie ein Krake im Aquarium thront er hinter dem Grill und den Fritteusen, schweißglänzend und fast bewegungslos, ein blasser Fettberg, der im Licht der Neonröhren schimmert. Einzig seine Arme schlingern zwischen Senftöpfen und Gurkengläsern hin und her, als wären sie knochenlos.

„Die Firma dankt", gibt Polivka zurück. Mit seiner Dose prostet er dem Kraken zu.

Speiszamm, was für ein schöner alter Wiener Ausdruck, denkt der Lemming. Auf der langen Skala zwischen freundlicher Zurechtweisung und süffisantem Beifall angesiedelt, ist er die traditionelle Reaktion auf einen Rülpser – ähnlich, wie man einem Niesenden Gesundheit wünscht. Speiszamm, das heißt nichts anderes als: Wünsche, wohl gespeist zu haben.

„Jedenfalls ist es bemerkenswert", nimmt Polivka das Thema wieder auf, „wie viel der Kerl über seine Opfer weiß. Allein im Fall vom Mario. Sein *Jabberpal*-Account unter dem Namen Broodalkiller oder dieses Schimpfwort Hasenfratze: So was lässt sich doch nicht in der Zeitung recherchieren."

„Das stimmt. Und noch was ist mir aufgefallen: So widerwärtig diese Postings sind, ein mindestens genauso großer Hass geht von den Kommentaren aus. Ein Stich ins Wespennest, und hundert andere Lumpen fahren die Stacheln aus."

„Er ist ein Troll", brummt Polivka.

„Ein was?"

„Ein Troll. So nennt man Leute, die im Internet Unruhe stiften. Die beleidigen und provozieren, um andere aufzuhetzen oder auch nur Misstrauen zu säen."

„Und worauf zielen sie damit ab?"

„Na ja", Polivka wiegt den Kopf, „für manche ist es wohl ein Sport. Sie lachen sich ins Fäustchen, wenn sie eine Hasslawine lostreten. Vielleicht verschafft es ihnen ein Gefühl der Macht, das ihnen sonst im Leben fehlt."

„Dann geht es ihnen gar nicht um die Sache?", fragt der Lemming zweifelnd. „Das ist schwer zu glauben."

„Schau dir unseren Troll an, Wallisch: Der sticht überall hinein, wo sich die Risse quer durch die Gesellschaft ziehen, überall da, wo die Gemüter eh schon hochkochen. Wo sich die Fronten so verhärtet haben, dass man jeden Andersdenkenden nur noch als Nazi oder Islamistenfreund beschimpft, als Halsabschneider oder Kommunistensau, als nikotinsüchtigen Asozialen oder Gesundheitstaliban. Ein bissel Öl ins Feuer, und du hast ein Flammenmeer, das konstruktive Argumente nicht mehr löschen können. Klar, der Troll bezieht schon seine Positionen, um den Pöbel zu mobilisieren.

Ich frag mich nur, ob ihm die eigentlichen Themen gar so sehr am Herzen liegen."

Nachdenkpause. Polivka trinkt aus, zerquetscht die Aluminiumdose und bugsiert sie in den Mülleimer, der gleich unter dem Schaufenster des Krakenmannes steht.

„Darf's noch eins sein, der Herr?"

Polivka überlegt, er wirkt ein wenig unentschlossen. „Danke", sagt er schließlich. „Besser nicht."

Der Krake legt die Stirn in Falten – eine äußerst hohe Stirn, die bis zum Nacken reicht –, beugt sich ein wenig vor und lugt nach links und rechts, wobei sich sein immenser Gaumensack, dem Newton'schen Gesetz der Trägheit folgend, zeitverzögert in Bewegung setzt. Der Sack schlenkert ein paar Mal hin und her, und ehe er dem Newton'schen Gesetz der Schwerkraft folgend in die vertikale Ruheposition zurückgefunden hat, erbebt er unter einer neuerlichen, noch viel stärkeren Erschütterung: Der Krakenmann steht auf. Er gleitet überraschend wendig das Aquarium entlang und tritt durch eine schmale Tür ins Freie.

„Rauchpause", erklärt er Polivka und dem Lemming. Aus der Seitentasche seines weißen Arbeitsmantels zieht er eine Schachtel Zigaretten und ein Feuerzeug, dann öffnet er die Knöpfe und schält seinen Oberkörper aus dem Kittel. „Heiß da drinnen."

Nur ein ärmelloses Leibchen trägt der Krakenmann. Ein Leibchen, das den Blick auf seine fett- und muskelprallen Arme freigibt. Von den Handgelenken aufwärts ziehen sich tintenblaue Runen und Symbole, eingestochen in die blasse Haut, mäandern achselwärts und fließen bis unter den Feinrippsaum. Ein Adler streckt die Schwingen hoch, in seinen Klauen ein Keltenkreuz. Darüber in Frakturlettern die Worte *Unsere Ehre*. Auf dem rechten Arm zwei Schlangen, deren eine ausgestreckt nach oben zeigt, während die andere sich in einer lang gestreckten Schleife um sich selbst windet, sodass sie mit der Zunge an der eigenen Schwanzspitze zu lecken scheint.

Etwas ist mit diesen Schlangen, denkt der Lemming. Aber der Gedanke will sich nicht verfestigen, er bleibt verschwommen.

„Jugendsünde", sagt der Krakenmann entschuldigend, als er die Blicke seiner beiden Gäste auf sich ruhen sieht. „Wenn du nur ein kleiner blader Trottel bist, der nichts gelernt hat und nichts kann, lässt du dir gern von irgendwem erzählen, dass du zur Herrenrasse gehörst. Und schon ist es passiert: Du glaubst, du bist als Tafelspitz geboren, und wenn du endlich draufkommst, dass du nur ein ganz normales Würschtel bist, dann ist es schon zu spät. Dann hast du dir den ganzen Dreck schon auf die Schwarte tätowieren lassen."

Polivka nickt anerkennend. „Besser spät kapiert als gar nicht", meint er.

„Sagen Sie das meiner Frau, wenn's wieder einmal an die Sommerplanung geht. Den Strandurlaub, den sie seit Jahren gern machen tät, kann sie vergessen: Außer ihr kriegt mich nie wieder jemand nackert zu Gesicht; mehr als die Arme zeig ich keinem her. Die sind schon schlimm genug." Der Krake setzt ein schiefes Grinsen auf. „Ich denk mir manchmal, ich bin ein bisserl ein Transgendermensch: ein liberaler Geist in einem Nazikörper. Übrigens, ich bin der Bobby."

Diese Schlangen, denkt der Lemming immer noch. Die Frage liegt ihm auf der Zunge, und er öffnet schon den Mund, um sie zu stellen, doch Polivka kommt ihm mit einer anderen zuvor.

„Was hat denn eigentlich Ihre Katharsis ausgelöst, Herr Bobby?"

„Keine Ahnung ..." Bobby wirkt verunsichert. „Laut Blutbefund hab ich ja alles Mögliche, aber Katharsis? Sind Sie Arzt?"

„Nein, keine Angst", sagt Polivka, sichtlich darum bemüht, nicht in Gelächter auszubrechen. „Ich tät nur gern wissen, was der Anlass für Ihren Gesinnungswandel war. Was hat Sie so verändert?"

„Meine Frau, die Becky. Und die beiden Kinder, Betty – sie ist neun – und Benny, der bald sieben wird."

„Ein Benjamin? So einen hab ich auch zu Hause", sagt der Lemming.

„Benjamin, genau. Und Betty wie Bettina. Meine Frau, die Becky, heißt Rebecca. Mädchenname Tajtelbaum. Na, klingelt's da bei Ihnen?" Bobbys Doppelkinn vibriert. Mit einem Leuchten in den Augen sagt er: „Lauter Juden. Becky, Benny, Betty: Das ist meine jüdische Familie. Und ich selber bin ihr tätowierter Hausgoi."

„Noch dazu ein Goi mit einem Würstelstand." Der Lemming lächelt. „Koscher ist das nicht."

„Nein, weder koscher noch halal. Ich zwing ja niemanden, zu mir zu kommen, aber wer was will, der kriegt bei mir auch was zu essen, wurscht, ob er den Arier-, den Proletarier- oder den Vegetariernachweis hat."

Die Zigarettenpause ist zu Ende. Bobby zwängt sich wieder in den weißen Kittel, winkt Polivka und dem Lemming zu und tritt in das Aquarium, um an seinen Grill zurückzuschweben.

10

Fast einen Kilometer weit zieht sich die Ottakringer Roterdstraße von der Straßenbahnstation Sandleitengasse Richtung Westen, bis zum Fuß des Wilhelminenbergs, der weinbewachsenen Pufferzone zwischen Stadt und Wald. Gemächlich setzt der Lemming seine Schritte auf der sanften Steigung, er genießt es, hier entlangzugehen, genießt es, wie die Häuserzeilen sich lichten, die Gebäude spärlicher und kleiner werden. Jeden Morgen hat er diesen Weg genommen, nach der Arbeit, diesen Heimweg, fort von der Betriebsamkeit, dem Lärm, dem Missmut und der Schadenfreude der geballten, in Betonschluchten gepferchten Menschenherde.

Ungewohnt, so spät in der Nacht hier entlangzugehen. Der kühle Wind, die Dunkelheit, das sanfte Blätterrauschen in den Ohren. Kein Gedanke an Giraffen, Koalas und Mähnenrobben. Nur an Schlangen. Tätowierte Schlangen. Und ans Bett.

Bevor er sich von Polivka getrennt hat, haben die beiden noch einmal die letzten Meldungen auf ihren Smartphones aufgerufen, und sie haben gleich darauf ein Freudentänzchen aufgeführt: Die Prophezeiung Gregor Gallotards ist eingetroffen, in den Onlinezeitungen ist ausnahmslos über die neueste Entwicklung im Fall Mario Rampersberg berichtet worden.

diereine.at
16. Mai 2019, 22:48

Mario von Hassbotschaft getötet

Ein anonymes Hassposting, das Mario Rampersberg, der Sohn des Regisseurs Kurt Rampersberg, am Montagnachmittag erhalten hat, trägt allem Anschein nach die Schuld an seinem Tod. Die Nachricht, die den Elfjährigen dazu getrieben haben dürfte, Selbstmord zu begehen, liegt der Redaktion der REINEN mittlerweile vor. Aus Rücksicht auf die Angehörigen sehen wir aber vorerst von der Veröffentlichung dieses Postings ab.

Der Nachtwächter Leopold W., der von verschiedenen anderen Zeitungen und Onlinemedien vorschnell verurteilt wurde, scheint somit entlastet. Gleiches gilt für Chefinspektor P., der W. schon dienstagnachts als unschuldig bezeichnet hat.

„Vorschnell verurteilt von verschiedenen anderen Zeitungen und Onlinemedien", hat Polivka mit einer Mischung aus Erleichterung und Abscheu vorgelesen. „Was für eine scheinheilige Brut!"

Der Lemming aber hat sich kurzerhand den falschen Bart vom Kinn gerissen und den nächsten Abfalleimer angesteuert. Noch bevor er das verhasste Haarknäuel darin versenken konnte, hat ihn Polivka zurückgehalten.

„Warte, Wallisch, gib ihn mir. Für schlechte Zeiten, man weiß nie."

Nach einer kurzen Diskussion darüber, ob die gute Nachricht nicht vielleicht mit einem letzten Achtel Wein zu feiern wäre, hat die Disziplin gesiegt. Denn dass der Lemming und Polivka nun rehabilitiert sind, mag ein kleiner Raumgewinn im Tauziehen um die Wahrheit sein, der Kampf ist deshalb lange nicht gewonnen.

Morgen heißt es fit sein, um die nächste Runde gegen Mama 77 einzuläuten. Und natürlich für die Anrufe von Oberst Schröck und Doktor Stropek. Mögen sie sich winden, die zwei Pharisäer. Mögen sie im Staub kriechen und um Verzeihung flehen. Der Treuebruch der beiden Chefs schreit förmlich nach Satisfaktion. Weder der Lemming noch Polivka werden ohne eine angemessene Entschädigung wieder zum Dienst erscheinen.

Bluten soll der alte Stropek, denkt der Lemming nun, während er hügelan marschiert. Eine beträchtliche Gehaltserhöhung wäre wohl das Mindeste, eine Beförderung auch nicht zu verachten. Oberhofmenageriekontroll- und Sicherheitsassessor beispielsweise. Unwillkürlich muss der Lemming schmunzeln. Lieber doch nur die Gehaltserhöhung, denkt er. Und natürlich die Entschuldigung.

Ist es zu spät, um noch bei Klara anzurufen? Kurz vor Mitternacht, bestätigt ihm ein Blick auf seine Armbanduhr. Zu spät, sie wird schon schlafen. Morgen werden sie nach Hause können, Ben und Klara. Morgen wird kein Tag des Regens sein, kein Tag der Traufe, morgen wird kein Schlammbadfreitag sein. Denn morgen wird Leopold Wallisch wie der Phönix aus der Asche steigen, reingewaschen, frisch und strahlend, und das ganze Land wird Zeuge sein, gelobt sei das verdammte Internet.

Jetzt aber nur ins warme Bett; Schlammbäder machen ja angeblich müde. Ab in das geliebte Bett, in das geliebte Haus, das abgelegene, weiß getünchte Winzerhaus, das Klara in die Ehe mitgebracht hat. Ihre Großeltern haben hier noch einen Heurigen betrieben, eine so genannte Buschenschank, und Klara hat das Haus geerbt, den Schankraum umgebaut und sich ihre Ordination hier eingerichtet. Dicke Wände, altes Holz und Treppenknarren, im ersten Stock die schweren Holzbalken unter dem Ziegeldach, die Butzenscheiben in den Fenstern und, wenn man sie morgens öffnet, diese überwältigende Aussicht auf das satte Grün der Bäume und der Weingärten, ein Blick wie eine Hymne, untermalt vom vielstimmigen Gesang der Vögel.

Ja, der Lemming liebt das Haus. Es ist sein Kraft- und Ruhepunkt, sein Pol und seine Zuflucht, es ist eine zweite Haut, die sich um ihn und Ben und Klara spannt, die alles birgt und schützt, was von Bedeutung für ihn ist.

Er geht nun schneller, nestelt schon den Schlüssel aus der Hosentasche.

Seltsam, denkt er plötzlich, wie es heute riecht. Nach einer Frostnacht nämlich, herb und rauchig wie im Winter, wenn die Nachbarn heizen, dass im ganzen Viertel die Kamine glühen. Dabei ist es doch mild, so mild, dass sogar schon die Glühwürmchen über den Gärten tanzen und in einem lauen Wind zum Himmel schwärmen. Wo man sie doch sonst erst in den Sommermonaten, im Juni oder Juli sehen kann ...

Und dann steht der Lemming vor dem Haus.

Er steht und starrt auf das Inferno, das einmal ein Haus war, starrt auf seine Zuflucht, aus der jetzt die Flammen lodern wie aus einem kolossalen Krematorium. Ein stetes Donnergrollen liegt in der Luft, als würden Wellen an eine nahe Küste branden – und ein Stöhnen, kummervoll und langgezogen.

Denn es stöhnt, das Haus. Es stöhnt wie ein waidwundes Tier, das bei lebendigem Leib zerfleischt und aufgefressen wird. Es stöhnt und ächzt, und plötzlich ist ein heller, ansteigender Ton zu hören, fast ein Gesang. Es singt sein eigenes Klagelied, das Haus, das von den Flammen aufgefressen wird. Mit einem dumpfen

Krachen birst ein Tragebalken, meterhoch steigt eine Feuersäule in die Luft. Das Klagelied verstummt.

Der Lemming steht und starrt. Auf seiner Stirn flackert der Widerschein der Flammen, spiegelt sich in seinen ungläubigen Augen, glänzt auf seinen tränennassen Wangen. Er sieht seinem Haus beim Sterben zu.

Dem Haus, dem er so viel verdankt.

Seine Begegnung mit Klara, seine erste Nacht mit ihr.

Bens Kindheit, seine ersten Worte, seine ersten unbeholfenen Schritte.

Der Garten, die Wiese, das Blumenmeer. Dösen im schillernden Schatten der Laube, ferne Kirchenglocken, Bienensummen, Castros feuchte Schnauze auf den Knien. Castro, der Hund aller Hunde; sein Grab ist gleich unter dem Nussbaum.

Alles ist vorbei. Denn alles brennt. Das Haus, die Laube, selbst die Blätter des Nussbaums scheinen zu glosen. Auch der Lemming brennt. Er brennt darauf, dem Haus noch einmal nah zu sein. Es zieht ihn zu den Flammen, zieht ihn durch das Gartentor, den schmalen Weg entlang. Vom Donnergrollen übertönt, nicht hörbar, aber doch zu spüren, knirschen die Kiesel unter seinen Füßen, als er sich der Haustür nähert. Einer Haustür, die nur noch ein rechteckiges Loch ist, gleißend rot und Feuer speiend wie ein Drachenmaul. Dem Lemming schlägt die Hitze ins Gesicht, aber das macht ihm nichts, er brennt ja selbst, er ist in seinem Element, die fleischgewordene Feuersbrunst.

Er streckt die Arme aus, um einzutauchen – und wird jäh zurückgerissen. Eine Hand zerrt ihn so kraftvoll aus dem sengend heißen Bannkreis, dass er auf den Boden stürzt.

Ein dunkles, stoppelbärtiges Gesicht, zwei schwarze Augen, die den Lemming anfunkeln.

Amar.

„Was machest du!“, brüllt der Afghane, während er den Lemming an den Rockaufschlägen packt und ihn über den Kiesweg schleift, zum Gartentor und auf die Straße, weg von dieser Hölle, weg von diesem Haus. „Was machest du! Willst du dich totmachen, du Idiot?“

Die Luft ist voller Rauch, die ganze Welt versinkt darin. Der Lemming sieht und hört nichts mehr, er wird sich kaum daran erinnern, wie Amar ihn auf den Rücksitz eines Wagens wuchtet, wie sie losfahren, Richtung Süden, wie ihnen ein Pulk von Einsatzfahrzeugen entgegenbraust, mit grellen Blaulichtern und schrillen Martinshörnern. Er wird erst aus seiner Trance erwachen, als Amar ihn in die Seite stößt und sagt: „Ich kann dem Taxi nicht bezahlen. Gib Geld. Gib Zwanziger.“

Sie stehen in der Maxingstraße, vor der Rampersberg'schen Villa.

Eine Tasse Tee. Eine Matratze auf dem Steinboden. An der Gewölbedecke eine nackte Glühbirne. Auch das ist Zuflucht.

Gegenüber sitzt Amar auf einem primitiven Feldbett, einer Campingliege eigentlich. Neben der Liege steht ein Stuhl, darauf ein rotes Buch, ein Smartphone und das Messer, das der Lemming schon von heute Morgen kennt. Das Buch ist reich verziert und mit verschlungenen, für den Lemming unlesbaren Schriftzeichen versehen. Wahrscheinlich ein Koran, denkt er.

„Hier schlafen Sie? Im Keller?“, fragt er matt. „Der Rampersberg hat keinen schöneren Raum für Sie? Kein besseres Bett?“

„Nein, nicht Herr Kurt gibt mir dem Keller. Ich hab selber ausgesuchet. Hier ist sicherer, ich kann da besser schlafen. Ruhiger.“

Seine Zuflucht, denkt der Lemming. Und für heute Nacht auch meine. Wieder treten ihm die Tränen in die Augen. Gestern angefeindet, heute obdachlos. So schnell geht das. Und jetzt gibt ihm ein Asylant Asyl.

Er will nicht weinen, nicht vor einem Menschen, der wahrscheinlich Schlimmeres erlebt hat. Einem Menschen, der sich auch nicht mit der Hoffnung trösten kann, dass sein Verlust von der Versicherung ersetzt wird. Einem Menschen, der zudem einer rigiden und archaischen Kultur entstammt, in der es eine Schande ist, als Mann zu weinen.

„Warum sind Sie eigentlich aus Ihrem Land geflüchtet?", fragt der Lemming, fest entschlossen, sich dem Selbstmitleid nicht weiter hinzugeben.

„Weil ich sterbe, wenn ich bleibe", antwortet Amar. Mehr sagt er nicht. Stattdessen greift er nach dem roten Buch und schlägt es auf.

Nur das nicht, denkt der Lemming. Nur jetzt nicht damit beginnen, irgendwelche Suren zu zitieren, irgendwelche Zaubersprüche herzuleiern. Müssen Menschen, wenn es schwierig wird, denn immer ihr Gehirn ausschalten und bei ihren Göttern Zuflucht suchen? Müssen sie in Talmuds, Bibeln und Koranen schmökern, um ihre Gedanken und Gefühle, ihre Worte oder Taten zu legitimieren? Hat der gute alte Mohammed womöglich ein paar formidable Tipps bezüglich abgebrannter Häuser und zu Tode schikanierter Schulkinder auf Lager?

Nichts dergleichen. In dem roten Buch steckt ein Kuvert, aus dem Amar ein Stück Papier nimmt, es behutsam auseinanderfaltet und dem Lemming überreicht.

„Ich hab Herr Kurt erzählet, und er hat das aufgeschrieben. Für dem Antrag auf Asyl."

Mein Name ist Amar Baktash. Das Jahr meiner Geburt ist 1994, mein Geburtsort Laschkar Gah, die Hauptstadt der afghanischen Provinz Helmand.

Mein Vater hatte eine Werkstatt am südlichsten Ende der Stadt, zwischen dem Fluss Hilmend, der Lebensader unseres Landes, und der toten Wüste. In der Werkstatt wurden meistens Autos repariert, aber mein Vater konnte alles richten: Kessel, Pflüge, Dächer, Drachen. Meine Mutter ist vor zehn Jahren an Malaria gestorben.

An der Westseite der Stadt, neben dem Fluss, war eine Schneiderei. Dort habe ich meinen Beruf erlernt.

Helmand ist eine blutige Provinz, umkämpft wie keine andere. Den Clans der Kriegs- und Drogenfürsten, die – von der Regierung in Kabul autorisiert – mit schwer bewaffneten Privatarmeen das Land beherrschen, stehen die Taliban, also die oppositionellen Islamisten gegenüber. Wer seine Familie beschützen will, der macht sich weder bei den Islamisten noch bei den Milizen Feinde, denn sie sind einander an Erbarmungslosigkeit und Blutgier ebenbürtig.

Es gibt einen Warlord namens Abdul Rasul Fahim, der die Fahrzeuge seiner Privatmiliz bei meinem Vater reparieren ließ. Er wusste, dass mein Vater neben mir zwei weitere Söhne hatte, die ihm in der Werkstatt halfen, und dazu noch eine Tochter, die Amira hieß. Sie war zwölf Jahre alt, geschickt und klug, und ihre Augen strahlten wie die Sterne. Abdul Rasul Fahim hatte früher schon den Wunsch geäußert, sie mit seinem Sohn Jahandar zu verheiraten, aber mein Vater hatte ihn, so höflich es nur ging, vertröstet. Dieses Angebot sei eine große Ehre, hatte er gesagt, doch seine Tochter sei noch jung und unreif, sie sei noch nicht fähig, die Verantwortung zu tragen und die Pflichten zu erfüllen, die eine Ehe mit sich bringe. Aber eines Tages, wenn Allah es wolle ...

Im Dezember 2017, eine Woche vor Amiras dreizehntem Geburtstag, der auf den 1. Jänner fiel, wurde Jahandar von den Taliban verschleppt. Sein Auto fand man ausgebrannt am Rand der Straße, seine Leiche kurz danach in einem Schlafmohnfeld. Man hatte ihn vom Hals abwärts gehäutet.

Abdul Rasul Fahim kam am 1. Jänner in die Werkstatt meines Vaters. Er beschuldigte ihn, für Jahandars Tod verantwortlich zu sein. Sein Sohn habe den Taliban nur in die Hände fallen können, weil sein Wagen wegen eines Motorschadens auf der Straße stehen geblieben sei; die Panne aber sei das Resultat der mangelhaften Arbeit meines Vaters. Abdul forderte Entschädigung, und er berief sich auf die Tradition des „Bad Dadan“, bei der man eine Schuld begleichen kann, indem man der geschädigten Familie eines seiner Kinder überlässt. Er nahm Amira mit; mein Vater konnte nichts dagegen tun.

Drei Wochen später explodierte eine Bombe in der Werkstatt meines Vaters. Wahrscheinlich war es ein Attentat der Taliban, eine Vergeltung dafür, dass er Abduls Wagenpark instand hielt und ihm außerdem noch seine Tochter überlassen hatte. Meine beiden Brüder und mein Vater starben auf der Stelle. Sie waren eben im Begriff gewesen, den kaputten Lastwagen zu inspizieren, in dem die Bombe steckte.

Als Amira von der Explosion erfuhr, versuchte sie, zu fliehen. Sie wollte wenigstens von ihrem Vater und von ihren Brüdern Abschied nehmen. Aber Abduls Leute fingen sie gleich wieder ein und brachten sie zu ihrem Kriegsherren. Abdul hatte sie inzwischen selbst zur Frau genommen, sie verprügelt, ihr den Arm gebrochen und sich wiederholt an ihr vergangen.

Tags darauf habe ich sie gefunden; man hatte sie unweit der zerstörten Werkstatt in den Straßenstaub geworfen. Ihre Augen strahlten nicht mehr, ihre Flucht war von Abdul bestraft worden. Sie lag gekrümmt im Staub, und in ihrem Gesicht klaffte ein Loch: Man hatte ihr die Nase abgeschnitten. Und man hatte sie so heftig ausgepeitscht, dass ihr das Fleisch in langen roten Schnüren vom Körper hing.

Ich habe sie zu einem leeren Nachbarhaus getragen, unter dem ein Keller war. Dort waren wir sicher, und dort habe ich mit ihr gewartet, bis sie tot war. Ich bin dann noch dortgeblieben, in dem Keller, mit der Leiche meiner Schwester, und ich habe mich erst nach vier Nächten wieder aus dem Haus gewagt, als ich den Durst nicht mehr ertragen konnte. Ich bin Richtung Westen losgegangen, ohne mich noch einmal umzudrehen, und habe mich durch den Iran und die Türkei bis nach Europa durchgeschlagen. Für die Reise habe ich acht Monate gebraucht.

Ich bin ein guter Schneider, und ich wünschte mir, ich könnte das auch hier in Österreich beweisen.

Der Versuch, sein Selbstmitleid mit einer Frage nach Amars Geschichte in den Griff zu kriegen, mag gelungen sein, das Mitleid aber treibt dem Lemming jetzt erst recht die Tränen in die Augen. Keine Tränen, für die er sich schämen müsste, trotzdem legt Amar sie ihm gewiss als Schwäche aus, als Ausdruck seines völlig unpaschtunischen, verweichlichten Charakters.

Doch Amar bemerkt die Tränen gar nicht. Er sitzt mit gesenktem Kopf auf seinem Feldbett, und sein breiter Rücken bebt. Es ist ein stilles Beben, beinah unmerkbar.

Amar, der Schreckliche, weint selbst.

Die meisten Handyklingeltöne sind akustische Visitenkarten, klangliche Insignien des Homo digitalis, und obwohl sie selten Aufschluss über seinen Namen oder seine Wohnadresse geben, sagen sie doch umso mehr über sein geistiges Niveau und seine kulturelle Herkunft aus. Was der vernetzte Mensch bisweilen vergisst, ist einerseits, dass es im Universum Interessanteres gibt als seinen Kunstgeschmack, und andererseits, dass alles seine Zeit hat, ganz besonders die Musik. Auf einer Hochzeit hat Chopins berühmter Trauermarsch nun einmal nichts verloren, genauso wenig wie der Vogerltanz bei einer Trauerfeier.

Auf dem Heimweg, noch euphorisch über seinen medialen Freispruch, hat der Lemming einen neuen Klingelton auf seinem Handy installiert und ihn Polivka zugeteilt. Jetzt, nach dem flammenden Inferno in der Roterdstraße, jetzt, um kurz vor zwei Uhr Nacht, krakeelt das leidlich smarte Smartphone plötzlich los, schmettert den alten Gassenhauer durch den Rampersberg'schen Keller. Dazu, sich über den späten Anruf Polivkas zu wundern, kommt der Lemming gar nicht: Viel zu peinlich ist ihm das Getöse angesichts des weinenden Amar.

„Ein Freund, ein guter Freund, das ist das Beste, was es gibt auf der Welt, ein Freund bleibt immer Freund, und wenn die ganze Welt zusammenfällt ..."

Behändigkeit und Hektik sind zwei unverträgliche Geschwister, und so schafft der Lemming es erst nach gefühlten zehn Sekunden, den Anruf entgegenzunehmen. „Ja, was ist denn!", zischt er in den Hörer.

„Wallisch? Ich bin's!" Polivka klingt aufgeregt, fast panisch. „Du, pass auf, bei mir ist was passiert, man hat das Haus von meiner Mutter angezündet, eine Brandbombe wie bei der Giulia Girelli! Gott sei Dank hab ich's bemerkt und gleich die Feuerwehr gerufen, also ist nur die Veranda abgebrannt, der Rest des Hauses steht noch. Wenn der Anschlag was mit unserem Fall zu tun hat, Wallisch, bist du auch nicht sicher. Also sieh dich vor, sei auf der Hut!"

Der Lemming schluckt. „Zu spät", erwidert er.

11

Nach nur drei Stunden Halbschlaf schreckt er hoch. Ein gutturaler Singsang lässt seine konfusen, fieberhaften Traumbilder verblassen und holt ihn ins Jammertal des Wachzustands zurück. Vor seiner durchgelegenen Matratze kniet Amar im Halbdunkel und betet. Betet ihn, den Lemming, an.

„Allahu akbar ..."

Es dauert eine Weile, bis er zu verstehen beginnt: Er liegt im Osten des Gewölbes, an der Kellermauer, die in Richtung Mekka weist, er liegt zwischen Amar und seinem Herrgott. Der Afghane betet über ihn hinweg.

So lässt es sich nicht weiterdösen. Und das ist auch gut so, denn die Uhr auf seinem Smartphone zeigt, dass Polivka ihn demnächst abholen wird. Um sechs Uhr früh, so haben sie vereinbart, werden sie einander treffen, um den Kampf gegen den Troll mit frischen Kräften fortzuführen. *Mit frischen Kräften*, das hat Polivka gesagt, ein amüsanter Kommentar und die mit Abstand beste Pointe ihres nächtlichen Telefonats.

Amar spricht mit Allah. Er beugt sich vor und geht mit angezogenen Knien, den Hintern in die Höhe reckend, in den Liegestütz. Als wäre er beim Yoga oder beim Pilates und Allah sein Fitnesscoach.

Trainierende und Betende soll man nicht stören. Der Lemming tappt im Dämmerlicht die Treppe hoch und sucht nach einem Bad. Im Erdgeschoß der Villa stößt er auf die Küche, und weil er Kurt Rampersberg im ersten Stock nicht wecken will, beschließt er, seine morgendliche Katzenwäsche gleich hier im Parterre zu absolvieren. Er spritzt sich mit den Händen kaltes Wasser ins Gesicht, spült sich den Mund aus und versucht, seine Gedanken zu kanalisieren.

Dass es in dieser Nacht kurz nach dem Feuer in der Roterdstraße auch bei Polivka gebrannt hat, kann kein Zufall sein. Und wenn bei Polivka ein Brandstifter am Werk gewesen ist, hat er vermutlich auch den Brand in Ottakring gelegt. Nur, was war das Motiv für diese beiden Anschläge?

Der Lemming stützt die Arme auf den Rand des Spülbeckens und schließt die Augen, um sich die Chronologie des letzten Abends in Erinnerung zu rufen: Die Berichtigung der Lügen über seine Schuld an Marios Tod ist in den Onlinezeitungen schon vor elf Uhr erfolgt; der Feuerteufel aber hat erst eine Stunde später zugeschlagen, gegen Mitternacht in Ottakring, danach bei Polivka, der im Südosten Wiens am Laaer Berg wohnt. Es deutet also vieles darauf hin, dass es kein von den Medien aufgehetzter Bürger war, der Mario rächen wollte. Ganz im Gegenteil: Polivka und der Lemming waren zu diesem Zeitpunkt keine Hauptakteure mehr, sie waren für den Verlauf des Trauerspiels nicht mehr entscheidend. Trotzdem haben sie sich dazu entschlossen, weiter nachzubohren, sich weiter einzumischen. Sie waren lästig, und nur eine Handvoll Menschen hat von dieser Lästigkeit gewusst ...

„Du magest ein Kaffee?“

Amar hat seine Unterredung mit Allah beendet. Lautlos ist er in den Raum gekommen; jetzt tritt er neben den Lemming und füllt Wasser in den unteren Teil eines Espressokochers.

„Gerne“, sagt der Lemming.

Er beobachtet Amar, wie dieser mit geübten Fingern das Kaffeepulver in den Metallfilter der Kanne füllt, den Aufsatz aufschraubt und den Kocher auf den Herd stellt. Als das Gas mit einem fauchenden Geräusch entflammt, zuckt er zusammen.

„Danke, dass du mich gerettet hast, Amar.“

„Nicht mir mussest du danken. Ich hab auf dich aufgepasset, weil Herr Kurt mich schicket.“

„Du hast mich den ganzen Tag verfolgt? Im Auftrag vom Herrn Rampersberg?“

„Ich hab.“ Amar verzieht den Mund zu einem Lächeln, seine Augen blitzen auf. „Du und dein Freund, ihr klebet euch dem Bart an, das war lustig.“

Plötzlich sieht er freundlich aus, der Schneider aus Afghanistan, als hätten ihn ein paar geringfügige Kontraktionen der Gesichtsmuskulatur in einen unbeschwerten jungen Mann verwandelt. In den Mann, der er wohl wäre, hätte er zur rechten Zeit am rechten Ort gelebt.

Der Lemming ist versucht, das Lächeln zu erwidern, doch es will ihm nicht gelingen. Denn was ihm bevorsteht, ist bei Weitem nicht so lustig wie zwei alte Herren mit falschen Bärten: Es ist kurz vor sechs; in spätestens zwei Stunden muss er Klara anrufen, wenn sie nicht aus dem Internet erfahren soll, dass ihr Haus nur noch ein Haufen Asche ist. Zum Glück steht ihre Handynummer nicht im Telefonverzeichnis, und so darf er hoffen, dass ihm die Behörden nicht bereits zuvorgekommen sind.

Eine verhängnisvolle Vorstellung, die ihn noch tiefer in das Brachland frucht- und mutloser Gedanken führt. Der Lemming malt sich seine nahe Zukunft aus, die nächsten Tage, Wochen, Monate. Den dornenreichen, kafkaesken Weg durch das Behördenlabyrinth, Besuche,

Anrufe und Briefe, Ansuchen und Eingaben bei Banken und Versicherungen, Um- und Abmeldungen bei der Fernsehmeldestelle, bei der Müllabfuhr, beim Strom- und Gaswerk. Bei der Post muss er einen Nachsendeauftrag einrichten. Und wohin soll die Post die Briefe von Versicherungen, Banken, Strom- und Gaswerk, Müllabfuhr und Fernsehmeldestelle schicken? Muss er sich denn nicht zuerst um eine neue Bleibe kümmern?

Nein, zuerst muss er mit Klara sprechen.

Wieder falsch. Zuerst muss er Kaffee trinken.

Punkt sechs dringt ein gedämpftes Klopfen aus der Halle, und Amar geht, um die Eingangstür zu öffnen.

„Nettes Haus", sagt Polivka Sekunden später und setzt sich zum Lemming an den Küchentisch. „Entschuldige", fügt er hinzu, „ich wollt nicht über Häuser reden. Aber weißt du, Wallisch, Häuser kann man wieder aufbauen. Wozu hat man Freunde?"

Hat der alte Misanthrop, hat Polivka das tatsächlich gesagt? Der Lemming sieht ihn fragend an. „Wen meinst du?"

„Was, wen meinst du?"

„Na, mit Freunden?"

„Dich und mich, du Trottel. Und jetzt lass uns, bitteschön, das Thema wechseln. Häuser, Handschellen und Kanonen baut man nicht aus Süßholz."

Polivka zieht zwei Papierbögen aus seiner Jacke, legt sie auf den Küchentisch und streicht sie glatt.

„Ich hab, bevor ich hergekommen bin, die Botschaften von unserem Troll rekonstruiert und ausgedruckt. Die an den Mario haben wir sowieso, und die an die Girelli steht noch immer auf der Website des Cafés. Den Wisch vom Zotti hab ich gestern rasch fotografiert, während er seine Kampfparolen geschwungen hat."

Es fällt dem Lemming schwer, sich auf die Ausdrucke zu konzentrieren, die vor ihm auf dem Tisch liegen. Zu stark wirkt nach, was Polivka gesagt hat. Nicht der Trottel, aber dieses *dich und mich*. Obwohl er vorhin fest entschlossen war, den neuen Klingelton zu löschen, überlegt der Lemming jetzt, ihn doch noch weiter zu verwenden.

„Schau dir die drei Texte an", sagt Polivka, „und gib vor allem auf die Rechtschreibfehler Acht. Bemerkst du was?"

„Ich bin nicht sicher ... Aber mir kommt vor, die Fehler tauchen immer erst am Ende auf."

„So ist es. Immer in den letzten ein, zwei Sätzen. Aber da ist noch was anderes. Schau her, ich hab die falsch geschriebenen Worte aufgelistet ..."

shlimmsten
Klassnzimmern
Jugenamt
Drekslokal
stopfn
Trottl
irgenwie

„Okay ... Da fehlt immer ein Buchstabe."

„C, D und E!" Polivka ruft es triumphierend aus; bemerkenswert, dass man um diese Uhrzeit so enthusiastisch sein kann. „Es sind jedes Mal dieselben Buchstaben!"

„Und was soll das bedeuten?"

„Keine Ahnung. Vielleicht hat der Drecksack einfach nur eine kaputte Tastatur."

Amar lehnt mit verschränkten Armen an der Abwasch. Er hat wortlos zugehört, halb interessiert, halb distanziert wie einer, der zu stolz ist zuzugeben, dass er das Gehörte nur zum Teil versteht. Jetzt aber scheint er sich in das Gespräch mischen zu wollen. Er hebt das Kinn und räuspert sich.

Im selben Augenblick jedoch entfährt dem Lemming ein lautstarker Schrei, ein Schrei der plötzlichen Erkenntnis, der Erleuchtung.

„Da!“, ruft er und greift nach einem der zwei Zettel. „Da! Schau dir das Posting von der Giulia Girelli an!“

„Was ist damit?“

„Das Datum, Polivka! Das Datum!“

„18. April 2019“, sagt Polivka achselzuckend. „Der Gründonnerstag. Das hat uns die Girelli eh erzählt.“

„Aber die 18! Die Zahl 18! Und die Tätowierungen von diesem Würstelmann, von diesem Bobby! Seit wir gestern Abend bei ihm waren, zerbrech ich mir den Kopf, was das Tattoo auf seinem rechten Arm bedeutet. Die zwei Schlangen, eine hochgestreckt, die andere wie ein Achter um sich selbst geschlungen. Eine 18, es ist eine 18, Polivka. Und was bedeutet eine 18 bei den Neonazis?“

„Eins für A und Acht für H. Die Initialen von Adolf Hitler.“ Polivka runzelt die Stirn. „Du meinst, die 77, die der Troll verwendet hat, ist vielleicht gar nicht sein Geburtsjahr, sondern ...“

„Seine Initialen, genau. Zwei Gs.“

„Wie Gustav Gans.“

„Und wie Gerd Glaser, dieser Schmierfink von der *Reinen Wahrheit.*“

„Und wie Giulia Girelli.“

„Ja, genau. Und wie Georgette und Gregor Gallotard.“

„Moment ... Was ist dann mit der 710 von Opa 710?“

„Entschuldiget!“ Amar kann nicht mehr an sich halten; er löst sich vom Spülbecken und kommt, die Arme ausgebreitet, auf Polivka und den Lemming zu. „Was ihr da redet, ich verstehe nicht. Aber ich weiß von diese Buchstaben, was sie bedeuten. Ich bin in dem Deutschkurs seit ein halbes Jahr, wir haben dem Computer. Und ich lerne mit zehn Finger schreiben."

„Das ist lobenswert", knurrt Polivka, gereizt wie immer, wenn man seine Kreise stört. „Und weiter?"

„Diese Buchstaben sind kein kaputte Tastatur. C, D und E, das drückest du mit einem Finger von dem linken Hand. Du drückest mit dein Mittelfinger."

Je rasanter die Bewegung, desto langsamer vergeht die Zeit; das war schon Albert Einsteins Überzeugung. Hier und jetzt, an einem primitiven Küchentisch im Morgengrauen, liefern Polivka und der Lemming den Beweis für seine Theorie: Sie sitzen reglos, doch ihre Gedanken rasen. Und die Uhren scheinen still zu stehen.

„Der abgerissene Finger", bricht Polivka nach einer Ewigkeit das Schweigen. „Wahrscheinlich geht ihm beim Tippen nach ein paar Sätzen die Kraft aus ..."

„Und die 710 passt auch", murmelt der Lemming. „7 steht für G und 10 für J. Vergangenen September, wie er diese Nachricht auf die Schulwebsite geschrieben und den Zotti in den Dreck gezogen hat, da war er ja noch nicht verheiratet. Da hat er noch nicht Gallotard geheißen, sondern Gregor Janisch."

Polivka steht auf. „Komm, nehmen wir ein Taxi", sagt er.

12

In der Novaragasse, einen Katzensprung vom Karmelitermarkt entfernt, wohnen die Gallotards, wie Polivka im Zuge eines kurzen Telefonanrufs beim Kommissariat erfahren hat.

Schweigend sitzen die zwei Männer auf der Rückbank, jeder hängt seinen Gedanken nach. Amar wollte sie unbedingt begleiten, doch der Lemming hat ihn freundlich abgewimmelt. „Der Herr Rampersberg braucht dich jetzt mehr als ich“, hat er gesagt. „Ich bin ja nicht allein, ich hab den Polivka, um auf mich aufzupassen.“ Und Amar hat sich mit einem düsteren Blick gefügt.

„Sag, glaubst du, dass die beiden unter einer Decke stecken?“, fragt der Lemming, als das Taxi die Urania passiert und auf die Aspernbrücke einbiegt.

„Du meinst, ob auch die Georgette daran beteiligt war? Dann hätte sie am Nachmittag den Hass verbreitet, vor dem sie die Schulkinder am Vormittag gewarnt hat. Möglich wär's, aber ...“

„Was aber?“

„Denk an gestern. Freundlich, offenherzig, voller Mitleid für den kleinen Mario. Sie wär schon wirklich eine Meisterlügnerin.“

„Ein Meisterlügner ist der Gregor auch. Ein Achtel mehr, und ich hätt ihm das Du-Wort angetragen.“

„Was bei dir bekanntlich nichts bedeutet; im Café Polanski hast du mich ja auch unbedingt duzen wollen", sagt Polivka mit ernster Miene. Er starrt ungerührt geradeaus, und erst, als er den Kopf dreht und in das entgeisterte Gesicht des Lemming schaut, zieht sich ein spitzbübisches Grinsen über seinen Mund. Der Lemming aber konstatiert erstaunt, dass seine eigenen Mundwinkel nach oben wandern. Dass anscheinend noch nicht alle Heiterkeit aus ihm gewichen ist.

„Das ist ja eine schöne Überraschung!", ruft Georgette, als sie die Tür öffnet. Sie steckt in einem mintgrünen Kostüm und hat eine voluminöse Tasche umgehängt, wie eine Lehrerin, die eben auf dem Weg zur Schule ist. „Ich bin gerade auf dem Weg zur Schule", sagt sie folgerichtig. „Ein Gymnasium in Kaiserebersdorf; ich hab's also", fügt sie mit einem Blick auf ihre Armbanduhr hinzu, „ein bisserl eilig. Aber was führt Sie um diese Zeit zu mir? Wir haben uns ja gerade erst verabschiedet."

„Wir wollten eigentlich zu Ihrem Mann", sagt Polivka. „Ist er zu Hause?"

„Nein, der Gregor ist schon im Büro." Georgette sieht die zwei Männer fragend an. „Vielleicht steh ich gerade auf der Leitung, aber ... Wieso wollen Sie denn zu ihm?"

„Es geht um seinen Finger", meint der Lemming trocken.

„Seinen Mittelfinger? Die verletzte Hand?" Georgette legt nachdenklich die Stirn in Falten. „Tut mir leid, ich ... Das versteh ich nicht. Gibt es da etwas, das ich wissen sollte?"

„Keine Angst, Frau Gallotard", beeilt sich Polivka zu antworten. „Wir wollen ihm nur noch ein paar Fragen stellen. Was arbeitet er eigentlich, Ihr Mann?"

„Der Gregor macht die Öffentlichkeitsarbeit für verschiedene gemeinnützige Organisationen." Georgette lächelt verlegen. „Das klingt besser, als zu sagen, er ist Teilhaber einer PR-Firma. Kein leichter Job, er geht fast immer vor mir aus dem Haus und muss auch oft noch spät am Abend ins Büro. Wie gestern, nach unserer Zusammenkunft im *Klein und Wein*."

„Aha ..." Polivka und der Lemming tauschen einen Blick. „Und wo befindet sich die Firma?"

„Wenn Sie zu ihm wollen, haben wir denselben Weg. Die Agentur heißt *Carewell*; sie ist in dem runden Glasturm an der Praterstraße, gleich beim Nestroyplatz."

Aus einem Meer von drei- bis vierstöckigen Gründerzeitgebäuden ragt ein riesenhafter Kubus, dem man einen gläsernen elliptischen Zylinder aufgesetzt hat. Einundzwanzig Stockwerke misst der Koloss mitsamt dem Hut, und wegen seines futuristischen Erscheinungsbilds trägt er den Namen *Galaxy*, als wäre er ein Raumschiff, das das All durchkreuzt. In Wirklichkeit durchkreuzt er aber nur das traute (andere mögen sagen: eintönige) Stadtbild, und das tut er ausgerechnet an der Stelle, an der einstmals Johann Nestroys legendäres Carltheater stand.

Polivka und der Lemming haben sich an der U-Bahn-Haltestelle Nestroyplatz von der noch immer skeptischen Georgette verabschiedet. „Ich wüsste wirklich gern, was Sie vom Gregor wollen", hat sie es noch einmal probiert. Aber erfolglos.

„Man soll sich am Sonntagmorgen nicht schon um den Montag sorgen", hat Polivka einen alten Schüttelreim bemüht. *Bemüht*, das war vor allem sein Versuch, Georgettes Argwohn zu mildern.

Ein raketengleicher Lift bringt die zwei Männer in die zwanzigste Etage; ein Viertel des ovalen Stockwerks wird von Gregors Agentur genutzt. Ein Viertel nur, ein Tortenstück gewissermaßen, aber: Was für ein lukullisches, verschwenderisches Tortenstück! Elysisch, himmlisch, lichtdurchflutet, wie ein Gottesthron über der Stadt, so öffnet es sich nach Nordwesten, um den Blick über den Augarten bis hin zum Kahlenberg freizugeben. Weil die Wände zwischen dem Empfang im Inneren des Kreissektors und den drei äußeren Büroräumen aus Glas sind, kann man sich an diesem Ausblick schon erfreuen, sobald man aus dem Aufzug steigt.

Natürlich sieht man auch von den Büros aus, wer die Agentur betritt. So kommt es, dass der Mann im links gelegenen Raum den Kopf hebt, als die Lifttüren sich öffnen, dass er ungläubig die Arme ausbreitet, von seinem Schreibtisch aufsteht und den Neuankömmlingen mit einem Strahlen im Gesicht entgegeneilt.

„Das ist ja eine schöne Überraschung!“, lächelt Gregor Gallotard, und anders als zuvor Georgette scheint er es wirklich so zu meinen. „Kommen Sie doch weiter; ich muss nur noch schnell ein Mail zu Ende schreiben.“

Breite Stahlrohrsessel, Sitzflächen aus Leder, nicht gerade sehr bequem, aber der Lemming könnte auf der Stelle darin einschlafen. Er ist beileibe nicht der Einzige: Auch Polivka sieht blass und müde aus, und Gregor Gallotard versucht vergeblich, sich ein Gähnen zu verbeißen, als er sich nun wieder an den Schreibtisch setzt und die Computertastatur zurechtrückt. Er beginnt zu tippen, und der Lemming folgt seinen Bewegungen mit aller Wachsamkeit, die er nach dieser kurzen, schlimmen Nacht noch aufzubringen in der Lage ist.

Gregor tippt im Stakkato, seine Fingerkuppen tanzen auf den Tasten Tarantella, während seine Handballen still am unteren Rand des Keyboards ruhen. Er liefert ein summarisches Exempel aus der Sekretärs- und Kontoristenfibel, ein Paradebeispiel der Zehnfingerschreibmaschinentechnik.

„So, das war's. Espresso?" Gregor Gallotard steht wieder auf und steuert auf eine verchromte, mit diversen Rädchen, Düsen und dekorativen Messröhrchen versehene Kaffeemaschine zu.

„Sehr gern", sagt Polivka. „Sie haben gestern am Abend noch gearbeitet? Nach unserem Treffen?"

„Leider, ja. In meinem Job muss man es nehmen, wie es kommt, und manchmal brennt der Hut."

„Feuer am Dach?"

„Schon möglich. Aber Feuer breitet sich bekanntlich aus. Auch auf die Dächer anderer Leute."

Gregor hat sich umgedreht; er steht jetzt breitbeinig vor seinen zwei Besuchern, und sein Lächeln gleicht einem in Bernstein konservierten Schmetterling.

„Sie tauchen in der Früh hier auf", spricht er mit sanfter Stimme weiter, „kurz nachdem Sie mir erzählt haben, dass Sie keine Ruhe geben werden, bis Sie die Quelle dieser Hasspostings gefunden haben. Welche Schlüsse kann ich daraus ziehen? Doch nur den einen: Dass Sie glauben, ich hätte etwas damit zu tun."

„Und? Haben Sie?", fragt der Lemming.

Gregor lässt sich mit der Antwort Zeit. „Es ist eine komplexe Welt", meint er nach einer Weile. „Sehr komplex und sehr verwirrend, jedenfalls für den, der ihre Muster und Strukturen nicht begreift. Die Spielregeln, wenn Sie so wollen. Die haben sich nämlich in den letzten dreißig Jahren fundamental geändert: Ungeschriebene Gesetze, die das tägliche Zusammenleben regeln, sind schon lange Schnee von gestern. Und ich meine damit nicht nur, dass man jemandem die Tür aufhält oder den Sitzplatz anbietet. Es geht vielmehr um einen grundsätzlichen Anstand, darum, dass man weiß, was falsch und richtig ist, und dass man sich entschließt, das ethisch Richtige zu tun, selbst wenn das Falsche vom Gesetz nicht explizit verboten ist."

„Und das ist Schnee von gestern?", fragt der Lemming nach.

Gregor lacht bitter auf. „Ich bitt Sie! Tun Sie doch nicht so, als ob Sie das nicht wüssten! Glauben Sie, ich hab mir nicht schon tausendmal den Kopf zerbrochen, wie man diese Welt gestalten sollte, um ihren Bewohnern ein erfülltes, freud- und würdevolles Leben zu ermöglichen? Und jedes Mal sind meine Fantasien von einer besseren Welt an einem unbezwingbaren Problem gescheitert: an der Welt, wie sie nun einmal ist. An ihren Menschen."

Gregor wendet sich nun endlich der Kaffeemaschine zu, und während er den Siebhalter entfernt, redet er weiter.

„Wir befinden uns doch längst im Krieg – nein, nicht in einem Krieg, in vielen Kriegen: Staaten gegen Staaten, Bürger gegen Bürger, Egoismus gegen Mitgefühl, die Umwelt gegen unsere Habsucht und Bequemlichkeit. Und diese Kriege werden ausschließlich mit Lügen ausgefochten. Tag für Tag, rund um die Uhr, im Fernsehen, in den Zeitungen und nicht zuletzt bei uns daheim, auf unseren Smartphones und Computern. Das Wort *Wissen* ist wie das Wort *Anstand* ein Begriff aus der Vergangenheit; wir wissen gar nichts mehr, wir glauben nur, und unseren Dogmen folgen wir mit einer regelrecht inquisitorischen Verbissenheit. Wir sind zwar digitale Koryphäen, aber moralische und geistige Amöben; technologisch in der Zukunft, intellektuell im Mittelalter und klimatisch in der Endzeit."

Die Kaffeemaschine brummt, und binnen weniger Sekunden breitet sich ein würzig-herber Duft im Raum aus. Bald kommt Gregor mit zwei halb gefüllten Tassen, die er vor Polivka und den Lemming auf den Schreibtisch stellt.

„Zumindest der Kaffee ist up to date, Sie werden sehen, der ist vom Feinsten. Wenn man schon im Mittelalter leben muss, dann sollte man das Beste daraus machen, und das gilt nicht nur für den Espresso. Entweder man ist der Ketzer, der verbrannt wird, oder man lässt andere brennen. Einfache Entscheidung, oder? Und wenn man schon andere brennen lässt, dann bitte nicht als Angehöriger des dumpfen Mobs, sondern als Inquisitor oder wenigstens als Scharfrichter. Man braucht ja auch sein Einkommen."

„Ihr Einkommen scheint nicht so schlecht zu sein", sagt Polivka. „Was kriegt man denn aufs Konto, wenn man elfjährige Kinder in den Selbstmord treibt?"

„Sie würden es nicht glauben, wenn ich's Ihnen sage", lächelt Gregor und geht wieder zum Espressoautomaten, um sich nun auch selbst einen Kaffee zu machen. „Eine Lüge so zu formulieren und zu verbreiten, dass sie zur weitgehend anerkannten Wahrheit wird, kann ganz schön teuer werden. Dazu braucht es Reaktionsvermögen, Kompetenz und Schöpfergeist. Was glauben mir die Leute? Wo bewirke ich das Gegenteil? Wo zaubere ich etwas herbei, wo rücke ich etwas zurecht, wo kehre ich etwas unter den Tisch? Nicht jeder ist ein guter Influencer ..."

„Influenza", unterbricht der Lemming abfällig, „ist eine Krankheit."

„In gewisser Weise stimmt das. Man ist ein Erreger, man versucht, den Mob zu infizieren. Man steht vor einem ungeheuren Sprengstofflager, das nur darauf wartet, in die Luft zu gehen, und man hat nur ein Streichholz, um die Kettenreaktion in Gang zu setzen. Es ist eine hohe Kunst, zu wissen, wie man dabei vorgeht, wo man dämpft und wo man anfacht und wo man die Zeitungen und ihre Onlineforen als Brandbeschleuniger verwendet. Aber Kunst ist, wie wir wissen, nicht umsonst. Im Grunde können sich das nur die wirklich Reichen leisten – und natürlich die politischen Parteien."

Das Brummen ist erstorben, die Kaffeemaschine schweigt. Den Rücken an die Anrichte gelehnt, nimmt Gregor einen Schluck aus seiner Tasse.

„Alle tun es", sagt er dann. „Es ist das ABC der Politik. Und wer nicht mittut, ist ein Trottel, einer irgendwo da unten in der Gosse", Gregor deutet auf die Häuserschluchten in der Tiefe, „einer aus der Heerschar von verunsicherten Trotteln, die nur darauf warten, dass der nächste Ketzer brennt, obwohl sie alle mitten auf dem Sprengstofflager sitzen."

„Also heißt das", sagt der Lemming, „dass Sie für den Dreck, den Sie verbreiten, einen Auftraggeber haben ..."

„No na! Ich mach das doch nicht einfach nur aus Jux und Tollerei! Die Sache mit dem Mario zum Beispiel hat mir wirklich keinen Spaß gemacht. Das war so nicht geplant, dass er sich umbringt. Aber vorher hab ich fast zwei Wochen lang versucht, den alten Rampersberg fertigzumachen, mit persönlich abgefassten Postings in den Foren, mit einer Reihe freier Mitarbeiter und mit Social Bots, die alle dazu angehalten waren, die Stimmung aufzuheizen."

„Social Bots?"

„Computergenerierte Charaktere, die einem vom Programmierer vorgegebenen Algorithmus folgen. Also ein Programm, das im Sekundentakt neue Identitäten anlegt und sich in den gängigen sozialen Medien zu bestimmten Themen äußert. Rund ein Drittel der politischen Bekundungen im Internet stammen von solchen

Robotern: zigtausende verschiedene Personen, die derselben Meinung sind. Auf diese Art verschafft man sich die Mehrheit, und die Mehrheit braucht man ja in einem demokratischen System."

„Ich muss gleich kotzen", murmelt Polivka, und seine Miene deutet darauf hin, dass er es ernst meint.

„Kann ich gut verstehen", erwidert Gregor. „Ihr Vertrauen ist erschüttert. Man glaubt, Golf zu spielen, und plötzlich kommt man drauf, man steht auf einem Rugbyfeld. Aber zurück zum Rampersberg. Der Alte war ganz einfach nicht zu knacken. Auf den Shitstorm, den ich losgetreten habe, hat er überhaupt nicht reagiert. Ich wollte ihn aus der Reserve locken, ihn zu einer zornigen, beleidigten, vielleicht auch unbedachten Äußerung verleiten. Aber er hat seine Schwächen nicht gezeigt. Nicht die geringste." Gregor seufzt. „Mit unerfülltem Hass lässt es sich schwerer leben als mit unerfüllter Liebe. Also hab ich mich halt auf den kleinen Mario eingeschossen."

„Und die Munition hat Ihnen Ihre Frau geliefert", unterbricht der Lemming. „Hintergrundinformationen, die sie aus dem Unterricht gewusst hat, von Marios Pseudonym auf *Jabberpal* bis hin zu diesem Schimpfnamen, mit dem ihn seine Schulkollegen letztes Jahr gerufen haben."

„Hasenfratze, ja", nickt Gregor. „Die Georgette und ich, wir reden über vieles, es gibt fast keine Geheimnisse in unserer Ehe."

„Fast?"

„Na ja, vielleicht ein kleines." Gregor schmunzelt. „Sie glaubt immer noch, dass *Carewell* irgendwelche NGOs betreut, die sich um Waisenkinder oder Wale kümmern. Und das ist ja auch ein repräsentatives Teilgebiet der Firma; meine beiden Juniorpartner sind damit befasst. Aber das Geld, von dem wir alle leben, das schaff ich heran. Und die Georgette ist dabei meine beste Mitarbeiterin, obwohl sie's gar nicht weiß. Ich hab inzwischen so viel Material über die Eltern ihrer Schüler, dass ich jahrelang ein Feuer nach dem anderen legen könnte. Manche dieser Eltern sind ja durchaus einflussreiche Leute: Künstler, Unternehmer, höhere Beamte und Politiker."

„So wie der Rampersberg. Und wegen Ihnen hat er seinen Sohn verloren."

„Das Spiel, Herr Wallisch, fordert seine Opfer. Leider hat ja die Aktion nicht den Erfolg gehabt, den sie verdient hätte. Und das war Ihre Schuld. Weil Sie dem Buben unbedingt ein Zuckerl anbieten müssen, kurz bevor er von der Brücke springt. Und plötzlich geht's in allen Medien um einen alten Päderasten statt um Flüchtlingspolitik. Um einen einheimischen Päderasten, wohlgemerkt. Ja, wenn Sie wenigstens ein Asylant gewesen wären! Das wär ein Haupttreffer gewesen. Aber so?"

Polivka rülpst. Er beugt sich vor wie eine Katze, die ein Wollknäuel hervorwürgt, und erbricht sich auf den königsblauen Teppichboden.

„Tut mir leid", sagt Gregor ungerührt, „wenn Ihr empfindsames Gemüt die Wahrheit nicht verträgt."

„Nein, nicht die Wahrheit", gibt Polivka matt zurück. „Nur den Kaffee. Ich hab schon lang nicht mehr so einen Dünnschiss vorgesetzt bekommen."

„Sehen Sie, das ist halt der Unterschied. Sie provozieren gratis, während ich mir meine Lästerungen gut bezahlen lasse."

„Und von wem?" Der Lemming kann fast nicht mehr an sich halten, er ist kurz davor, aus seinem Stahlrohrsessel aufzuspringen und auf Gregor einzuprügeln. „Wer bezahlt Sie?"

„Können Sie sich das nicht denken?"

„Sicher kann ich das! Wir wissen alle, wer von einem Klima der gesellschaftlichen Kälte profitiert. Kritische Geister kann man da nicht brauchen: Menschen wie den Zotti und den Rampersberg, die nichts getan haben, als von einer besseren Welt zu träumen. Aber warum die Girelli? Warum eine abtrünnige Grüne?"

„Weil ich schon seit Ewigkeiten kein Idealist mehr bin. Ich war's vielleicht einmal, in einem früheren Leben. Bis sich meine Eltern vor zwölf Jahren aufgehängt haben, weil sie einem Anlagebetrüger auf den Leim gegangen sind. Ihr Haus, ihre Ersparnisse: Mit einem Fingerschnippen war das alles weg. Und kurz darauf waren auch sie selber weg, als hätte es sie nie gegeben – ganz im Gegensatz zum schuldigen Betrüger. Der hat einfach die Kaution von hundert Millionen auf den Tisch geblättert und ist aus der Untersuchungshaft spaziert."

Ein Lächeln spielt um Gregors Mund, um seine hellen grauen Augen. „Dieser Mann ist mir zum Leuchtturm in der Nacht geworden, denn er hat mir klargemacht, dass in den Waagschalen des Lebens nur ein einziges Gewicht zählt, und das ist das Geld. Nicht, dass ich etwas gegen Ideologien hätte, ganz im Gegenteil, sie sind mein täglich Brot: Von jedem Euro, den die Leute in ihre Gesinnung investieren, wandern ein paar Cents in meine Tasche. Wer bezahlt, bestimmt den Kurs; ich selber schüre nur das Feuer in der Glut der Vorurteile. Und die Vorurteile finden sich nicht nur am rechten Rand, genauso wenig wie der Wunsch, das ganze Land damit zu infizieren. Mit anderen Worten: Meine Branche hat viele Auftraggeber, und auch mein Büro dient einem breiten Meinungsspektrum."

Polivka starrt nun schon eine ganze Weile auf den Boden, auf die Mischung aus Kaffee und halb verdauten Essensresten, die er auf dem blauen Sisal hinterlassen hat. Jetzt aber sieht er Gregor an und sagt: „Sie werden selber brennen. Wie die beiden Häuser, die Sie gestern angezündet haben."

„Hab ich das?", fragt Gregor scheinheilig. „Und warum hätte ich das machen sollen? Weil Sie und der Herr Wallisch sich in diesen – zugegeben dummen – Mama-77-Decknamen verbissen haben? Weil Sie drauf und dran gewesen sind, mich bloßzustellen? Weil Sie sich geweigert haben, die Angelegenheit auf sich beruhen zu lassen? Und weil ich Sie deshalb loswerden oder doch wenigstens auf andere Gedanken bringen wollte?" Nachdenklich reibt Gregor sich das Kinn. „Na ja, bei näherer Betrachtung war ich es vermutlich wirklich, der die Brandbomben geworfen hat. Sehr hübsche Häuser nebenbei, speziell das alte Winzerhaus in Ottakring." Er zuckt die Schultern. „Aber leider können Sie mir nichts beweisen, nicht einmal die Sache mit den Postings. Und selbst wenn, dann wären die – rein juristisch – eine Bagatelle. Eine kleine Geldstrafe für Ehrenbeleidigung, mehr würde dabei nicht herausschauen."

„Ihre Lügen kommen irgendwann zutage. Und dann sind Sie ruiniert, Herr Gallotard, dann spuckt die ganze Welt auf Sie. Als Erstes Ihre Frau; ich werd ihr heute noch erzählen, mit welchem Psychopathen sie das Bett teilt."

Polivka ist aufgestanden. Wie ein Berggorilla steht er da, hoch aufgerichtet und die Arme leicht vom Körper abgespreizt, als hielte er zwei volle Einkaufstaschen in den zu Fäusten geballten Händen. Ein erzürnter Silberrücken, den von seinem Gegner nichts als eine Pfütze aus Erbrochenem trennt.

„Ich würde die Georgette nicht gern verlieren, das geb ich zu", nickt Gregor. „Wissen Sie, ich mag sie nämlich. Aber was die Welt betrifft, mach ich mir keine Sorgen.

Weil die Welt es nicht kapiert. Die Leute sind zu dumm dazu, sie wollen nicht wissen, sie wollen glauben. Nicht einmal, wenn sie es abends, auf den Fernsehern, vor ihren trüben Augen hätten, würden sie's kapieren. Versuchen wir's mit einem einfachen Gedankenspiel: Stellen Sie sich vor, heut Abend taucht ein mit versteckter Kamera gedrehtes Video auf, mit unserem Vizekanzler in der Hauptrolle. Er trifft auf irgendeiner Insel, sagen wir, auf Lanzarote, Ibiza oder Mallorca, einen ausländischen Großinvestor und salbadert ihm die Ohren voll. Er redet über eine wünschenswerte Einschränkung der Pressefreiheit und ermuntert ihn zu illegalen Parteispenden. Im Gegenzug bietet er ihm diverse Staatsaufträge und die Unterstützung bei der Übernahme zweier nationaler Heiligtümer an: der Trinkwasserversorgung und der größten österreichischen Tageszeitung. Erstere, so meint er, könne die Regierung ja zu diesem Zweck ruckzuck privatisieren, und Letztere ließe sich dann endlich von dem einen oder anderen unbequemen *Hurenjournalisten* säubern. Und?"

„Was *und*?" Der Lemming rappelt sich nun auch aus seinem Sessel hoch. „Mit Ihren Hirngespinsten können Sie uns nicht ..."

„Was glauben Sie", fällt Gregor ihm ins Wort, „was wären die Konsequenzen eines solchen Videos?"

„Na was wohl? Die Regierung hätte ausgeschissen. Und bei der Europawahl am nächsten Sonntag wären nicht nur die Blauen erledigt, sondern auch die Schwarzen: Ihre Schuld und Mitwirkung an einer skrupellosen, machtgeilen Koalition würden die Wähler ihnen nicht verzeihen. Das wären die Konsequenzen. Ende der Geschichte."

„Ende der Geschichte?" Gregors perlengleiche Zähne blitzen auf. „Sie leben schon so lang in diesem Land und haben nichts gelernt, Herr Wallisch. Wenn es so ein Filmchen wirklich gäbe und man es heut Abend zeigen würde, wären die Schwarzen nächsten Sonntag die herausragenden Sieger, und unser korrupter Vizekanzler würde wahrscheinlich so viele Vorzugstimmen kriegen, dass er seine Koffer packen könnte, um das schöne Österreich in Brüssel zu vertreten. Rächer der Enterbten, sag ich nur. Totalitäre Machtgelüste haben schließlich Tradition bei uns, solang sie nicht mit finanzieller Selbstbereicherung einhergehen. Das, Herr Wallisch, wär das Ende der Geschichte. Weil es immer nur drum geht, wer die Geschichte besser fälscht. Wer sie den Leuten so erzählt, dass sie ihr Wissen über Bord werfen, um sich getrost wieder ihrem so heiß geliebten Glauben hinzugeben. Ach, wie gern die Leute glauben! Und wie sie an ihren Helden hängen! Gnade Gott der linken Reichshälfte, wenn sie nicht besser lügen lernt; den Roten fehlen die Helden nämlich ebenso wie die Geschichten."

„Und warum erzählen Sie uns den ganzen Sermon?", fragt der Lemming. „Glauben Sie im Ernst, Sie könnten sich auf diese Art rechtfertigen?"

„Wahrscheinlich nicht", gibt Gregor nachdenklich zurück. „Wahrscheinlich wollte ich mich nur einmal jemandem anvertrauen. Es ist ein einsamer Beruf, man kann sich anderen Menschen selten öffnen. Dabei bin ich doch – nicht ganz zu Unrecht – stolz auf meine Arbeit."

„Stolz? Sie haben ein Kind auf dem Gewissen, und den Vater dieses Kindes, und wahrscheinlich auch noch eine Unzahl anderer Menschen! Und Sie haben mein Haus zerstört! Sie sind ein krankes Schwein, ein Seelenkrüppel, ein ..." Der Lemming ringt um Worte, aber ihm fällt keines ein, das seine Abscheu und die Wut in seinem Herzen auch nur halbwegs wiedergeben könnte.

Hilfesuchend richtet er den Blick zu Polivka, doch der macht keine Anstalten, etwas zu sagen: Polivka will offenkundig nur noch seine Fäuste sprechen lassen. Was ihn davon abhält, ist das Summen eines Smartphones, das jetzt sanft im Raum erklingt.

Drei Männer, ein Bewegungsablauf, täglich mehrfach exerziert und hundertmal beobachtet: ein rascher Griff, ein hastiges Durchwühlen der Jackentasche, das Herausziehen des Handys und der Blick auf das Display ...

„Entschuldigung", sagt Gregor, während er den Anruf annimmt und sich leicht zur Seite dreht, als könnten seine zwei Besucher das Gespräch so nicht belauschen.

„Servus, Schatzi! ... Sag, wo bist du denn? ... Du bist heut gar nicht ... Wieso krankgemeldet? Was für Sorgen?"

Gregor, der noch immer vor der Anrichte mit der Kaffeemaschine steht, hat sich inzwischen völlig von Polivka und dem Lemming abgewandt und dreht ihnen den Rücken zu. „Geh nein, du musst die beiden missverstanden haben ... Doch, sie sind bei mir vorbeigekommen, aber ... Wir haben nur ein bisserl geplaudert, das war alles."

Eine weitere, diesmal schnelle Drehung, und in Gregors rechter Hand blitzt etwas auf: ein kurzläufiger silberner Revolver, den er auf den Lemming richtet. „Schau, du kennst mich doch. Was sollt ich denn ... Im Ernst? Gleich um die Ecke? Du, dann komm ich runter und wir gehen was frühstücken ... Nein, nicht heraufkommen; ich wollt mir eh grad was zu essen holen ... Okay, in zehn Minuten. Bussi."

Gregor schiebt das Handy mit der Linken in die Tasche. „Danke", sagt er, „dass Sie mich nicht unterbrochen haben. Das wär ungünstig gewesen. Auch für Sie." Er überlegt. „Wir haben jetzt aber trotzdem ein Problem:

Sie haben die Pferde scheu gemacht, und ich muss sie beruhigen gehen. Zum Glück ist auch meine geliebte Frau gegen Geschichten nicht immun. Bleibt nur die Frage, was ich in der Zwischenzeit mit Ihnen beiden mache."

„Haben Sie plötzlich Skrupel?", zischt der Lemming. „Sie gehen doch auch sonst so gerne über Leichen. Warum schießen Sie nicht einfach?"

„Weil ich meine halbe Lebenszeit hier im Büro verbringe, und da brauch ich keine Sauerei", gibt Gregor ohne jede Ironie zurück. „Und weil ich finde, dass Sie Ihre Stärken haben. Stärken, die in meiner Branche gefragt sind: Einfallsreichtum, Ausdauer und ein possierliches, harmlos naives Auftreten. Wenn Sie Ihre banalen ethischen Bedenken hintanstellen könnten, würd ich Ihnen einen Job anbieten. Einen lukrativen Job. Ihr Haus, Herr Wallisch, wär im Handumdrehen wieder aufgebaut, mit Klimaanlage und Swimmingpool. Und Sie, Herr Polivka, könnten sich endlich eine eigene Wohnung leisten, in der Innenstadt oder in Döbling. Lassen Sie sich's durch den Kopf gehen; das wird Ihnen die Zeit vertreiben, während Sie hier auf mich warten. Aber jetzt muss ich Sie bitten, Ihre Handys abzulegen." Gregor deutet auf den Schreibtisch. „Dort ... Sehr gut. Und jetzt gehen Sie zur Fensterfront. Ein Stück nach links ... perfekt. Man kann die Scheiben eigentlich nur kippen, aber die, vor der Sie stehen, Herr Wallisch, lässt sich öffnen. Tun Sie es."

Der Lemming zögert.

„Tun Sie es! Die beiden schwarzen Griffe an der Seite. Helfen Sie doch mit, Herr Polivka."

Die Aussicht auf die grünen Wälder, auf die sanften Weinhänge des Kahlenbergs verblasst. An ihre Stelle tritt die Aussicht auf den Tod: drei Meter hinter sich die Mündung einer schussbereiten Waffe, unter sich, in siebzig Metern Tiefe, der Asphalt der Zirkusgasse. Zwanzig Stockwerke, das macht knapp vier Sekunden Flugzeit bis zum Aufprall ...

„Gut so. Und jetzt steigen Sie hinaus."

„Was wollen Sie eigentlich?", meldet sich Polivka nun auch wieder zu Wort. „Sie machen uns ein Angebot, das wir uns, ich zitiere, *durch den Kopf gehen lassen* sollen, und dann ... Ich meine, sollen wir uns was durch den Kopf gehen lassen, oder sollen wir uns den Kopf *zerbrechen*?" Polivka hat sich zu Gregor umgedreht und geht jetzt langsam auf ihn zu. „Das ist ein feiner Unterschied. Ich finde ..."

„Und ich schieße, wenn Sie mir noch einen Zentimeter näher kommen. Klettern Sie hinaus. Und danken Sie den Herren von der Fassadenreinigung."

„Mach keinen Blödsinn, Polivka!" Der Lemming deutet aus dem Fenster. „Schau, da unten!"

Eine Armlänge unter der Fensterkante hängt die Rettung – wenn auch eine fragwürdige Rettung, ähnlich wünschenswert wie eine Notamputation: ein zierlicher Metallkorb, kleiner als ein Laufstall, der an Drahtseilen von einem Ausleger am Hausdach baumelt.

„Machen Sie sich keine falschen Hoffnungen", sagt Gregor, während sich der Lemming an den Fensterrahmen klammert und ein Bein ins Freie wuchtet. „Meine Partner kommen erst am Montag wieder, und der Fensterputzer frühestens am Dienstag, wenn die Seilwinde der Gondel wieder funktioniert. Die ist nämlich defekt."

Der Metallkorb schwankt bedenklich hin und her, als Polivka dem Lemming folgt. Sein kalkweißes Gesicht spiegelt sich in der Glasfassade.

„Jetzt nur noch den Rahmen loslassen, wenn Ihnen Ihre Finger lieb sind. Sehr gut. Dann bis später." Gregor nickt den beiden Männern zu und schließt das Fenster.

13

Kühl ist es hier oben auf der Schattenseite des Gebäudes. Die Verkehrsgeräusche könnte man für eine ferne Meeresbrandung halten, und das Knarren und Quietschen des Metallkorbs klingt, als spiele eine sanfte Brise mit der Takelage einer Segeljolle. Hafenatmosphäre.

„Scheißdreck", flüstert Polivka.

Der Lemming zittert; seine Beine fühlen sich taub an. Trotzdem unternimmt er den Versuch, sich vorzubeugen, um ins Innere von Gregor Gallotards Büro zu spähen. Sofort gerät die kleine Gondel aus dem Gleichgewicht, schwingt leicht nach hinten und schlägt mit den beiden an der Vorderseite angebrachten Gummirädern gegen die Fassade.

„Scheißdreck", raunt jetzt auch der Lemming.

Wenigstens hat er nun eine bessere Sicht in das Büro. Er sieht die Handys unerreichbar auf dem Schreibtisch liegen, sieht, wie Gregor sich zum Gehen bereit macht, wie er die Kaffeetassen vom Tisch räumt, den Revolver wieder in der Anrichte verstaut, dann auf die Uhr schaut und in sein Sakko schlüpft.

Und er sieht noch etwas anderes. Etwas, das ihm kurz den Atem stocken lässt und seinen Puls aufs Äußerste beschleunigt.

Gregor ist noch einmal vor die Fensterfront getreten, um sich von den beiden Ausgesperrten zu verabschieden. Er winkt und lächelt und zeigt schulterzuckend auf sein Handgelenk, was wohl bedeuten soll, dass er nicht weiß, wann er von seinem Treffen mit Georgette zurückkehren wird. Den Eingangsraum der Agentur hat er – im Gegensatz zum Lemming – nicht im Blick ...

Die Lifttür öffnet sich. Im Gegenlicht eine vertraute Silhouette, drahtig, klein und schlank.

Amar.

Amar, der Schreckliche, der jetzt mit zwei, drei Schritten den Empfang durchmisst und sich – von Gregor unbemerkt – in das Büro schleicht. Wie der Szene eines Stummfilms folgt der Lemming dem Geschehen – einer Szene wie ein Déjà-vu: Er hat sie gestern schon erlebt. Als Hauptdarsteller.

Eben im Begriff, sich umzudrehen, wird Gregor von Amar zurückgerissen. Er stößt einen unhörbaren Schrei aus, stolpert und prallt mit dem Rücken auf den Boden, etwa da, wo Polivka seine Espresso-Frühstücksmischung hinterlassen hat. Schon kniet Amar auf seiner Brust, schon fasst sich der Afghane in die hintere Hosentasche, lässt sein Messer aufschnappen und drückt es gegen Gregors Kehle.

Aus dem hellen Schein der Liftkabine tritt im selben Augenblick noch eine weitere Gestalt, ein hagerer Schatten, von den Lichtstrahlen umspielt wie ein Marsianer, der aus seinem Raumschiff steigt. Gebeugt geht er durch den Empfang und bleibt im Türrahmen zwischen Büro und Vorraum stehen.

Auch Polivka starrt schon seit einer Weile angestrengt durchs Fenster. „Kennst du den?“, fragt er im Flüsterton, als könnte ein zu lautes Wort den sprichwörtlichen Lebensfaden kappen, an dem der Metallkorb hängt.

„Das ist der Rampersberg“, versetzt der Lemming leise. „Kann uns der nicht sehen? Wir sollten uns vielleicht bemerkbar machen." Vorsichtig streckt er den Arm aus, um mit einem Fingerknöchel an die Glasscheibe zu klopfen.

Rampersberg scheint sie sehr wohl gesehen zu haben. Kurz hebt er den Kopf und nickt dem Lemming zu wie einem weitläufig Bekannten, den man durch die Windschutzscheibe seines Autos grüßt. Dann widmet er sich wieder den zwei Männern auf dem Boden des Büros.

Amar hat Gregor mittlerweile auf den Bauch gedreht. Das Springmesser zwischen den Zähnen, bindet er dem Liegenden die Hände auf den Rücken, zerrt ihn schließlich hoch und knebelt ihm mit einem Streifen Klebeband den Mund.

„Amar!" Der Lemming lässt jetzt jede Vorsicht fahren. Er brüllt und trommelt mit der Faust gegen die Fensterscheibe. Der Metallkorb ächzt beleidigt auf. Er fängt zu pendeln an, dreht sich gemächlich um die eigene Achse, schwingt zurück und kommt erst nach und nach wieder zur Ruhe.

Ein verhaltenes Würgen. Polivka entledigt sich der letzten Reste seines Mageninhalts. Anfangs eine glitzernde Kaskade, später, etwa ab dem zehnten Stockwerk, nur noch ein diffuser Nieselregen.

Immerhin, Amar schaut jetzt zum Fenster, und ein Hoffnungsschimmer flackert auf. Dann aber sagt Kurt Rampersberg etwas, und der Afghane wendet sich – wenn auch mit einem Ausdruck des Bedauerns – wieder ab. Die Hoffnung ist gestorben. Hilflos muss der Lemming dabei zusehen, wie Amar seinen Gefangenen aus dem Raum zerrt, wie er ihn an Rampersberg vorbei zum Lift bugsiert und wie die Tür sich hinter den drei Männern schließt.

Der Himmel ist die Hölle und die Ewigkeit nur eine Viertelstunde. Eine Viertelstunde voller Todesangst, zu zweit in einem filigranen Körbchen, das für einen einzelnen und eher schlanken Menschen konstruiert ist. Eine Viertelstunde Himmel, nicht vom Klang der Engelsharfen untermalt auf einer Wolke ruhend, sondern stocksteif stehend, eng gedrängt, das Quietschen der Metalldrähte und des Gestänges in den Ohren.

Das ist es also, was dem Regen und der Traufe und dem Schlammbad folgt: ein Himmel, der in Wirklichkeit die Hölle ist.

Im Westen steigen dunkle Wolken auf, wahrscheinlich ein Gewitter. Auch der Wind hat merklich aufgefrischt, er wiegt Polivka und den Lemming sachte hin und her.

Vom Dach des Turms ertönt plötzlich ein klirrendes Geräusch, und die Metallgondel erzittert. Wie die straff gespannten Saiten eines Instruments vibrieren die Stahlseile, sie singen ein sirenengleiches Lied. Den Lemming überkommt nun auch eine profunde Übelkeit, die durch Polivkas Anblick noch verstärkt wird: Dessen aschfahles Gesicht hat einen ungesunden Grünton angenommen.

„Wallisch“, flüstert Polivka, „ich glaub ...“

„Ja, was?“

„Ich glaub, ich hab mich angeschissen.“

„Das wird uns nicht helfen. Du bist trotzdem noch zu schwer.“

„Dein Ernst? Du reißt jetzt Witze? Willst du mich zum Lachen bringen?“

„Wär einmal was Neues, wenn einer nicht nur sich selber, sondern auch gleich einen anderen mit totlacht. Was ist mit der Steuerung?“ Der Lemming deutet auf das kleine Schaltpult, das vor ihnen an der Einfassung des Korbs befestigt ist. „Sollen wir's probieren?“

„Nur über meine Leiche. Mit einer kaputten Seilwinde? Sag, Wallisch ...“

„Ja?“

„Hast du nicht noch ein zweites Handy? Das von deinem Sohn?“

„Natürlich, du hast recht!“ Behutsam lässt der Lemming seine Hand zur Jackentasche wandern und zieht Bens Smartphone heraus. Er klappt die Hülle auf, tippt auf den Bildschirm, drückt und wischt, doch das Display bleibt schwarz.

„Vergiss es. Akku leer.“ Der Lemming hebt den Kopf und starrt Polivka an. „Das Schlimmste ist“, sagt er, und seine Stimme bebt, „dass ich vergessen hab, die Klara anzurufen. Sie ist mit dem Ben wahrscheinlich schon am Weg nach Ottakring. Wenn die ganz ohne Vorwarnung dort ankommen und sehen, was passiert ist, möcht ich nicht in ihrer Haut stecken.“

„Dann sag mir irgendeine Haut, in der du jetzt gern stecken tät'st. In deiner eigenen sicher nicht. In meiner auch nicht. Und in der vom Gallotard schon gar nicht. Weißt du eigentlich, ob's in dem Turm da eine Tiefgarage gibt?“

„Ich glaube schon. Warum?“

„Weil ich mich frag, wie die den Drecksack aus dem Haus bekommen haben. Sie werden ja kaum mit ihm zum Taxistand spaziert sein. Außerdem wär's interessant zu wissen, wo sie mit ihm hin sind.“

„In die Maxingstraße“, sagt der Lemming ohne Zögern. „Gestern Früh hat mir der Rampersberg von seinen Rachefantasien erzählt. Wie er den Mörder seiner Frau in eine Scheune oder einen Keller bringt, um ihn dort tagelang zu foltern. Jetzt ist es halt nicht der Mörder seiner Frau, sondern der Mörder seines Sohns. Schon möglich, dass der Alte irgendwo am Land auch einen Bauernhof mit einer Scheune hat, aber warum sollt er dort extra hinfahren, wenn's gleich um die Ecke die perfekte Folterkammer gibt? Ich kenn den Keller in der Villa, der ist still und abgeschieden."

„Also will er ihn zu Tode quälen, den Gallotard ... Nicht, dass ich dafür kein Verständnis hätte, aber warum hilft ihm dein Afghane bei der Sache?"

„*Mein Afghane* ... Aber ja, du kannst ihn ruhig so nennen, immerhin verdank ich ihm mein Leben. Der Amar hat Scheußlichkeiten hinter sich, die kann man sich nicht vorstellen, und der Rampersberg hat sich als Einziger um ihn gekümmert. Außerdem ist ihm der Mario sicher sehr ans Herz gewachsen: ein privilegiertes Kind, das trotzdem ausgestoßen und geächtet war wie er. Deshalb hilft er dem Rampersberg, und deshalb hat er mich beschattet: nicht, um auf mich aufzupassen, sondern in der Hoffnung, dass wir ihn zu Mama 77 führen. Der Gallotard hat ja gesagt, dass er den Rampersberg zwei Wochen lang im Internet beschimpft hat, und da hat er sicher auch die 77er-Decknamen verwendet: Onkel 77, Nichte 77 und so weiter. Also hat der Alte schon gewusst, dass es ein ganz spezieller Troll ist, der den Mario auf dem Gewissen hat."

„Wir sind ihm auf den Leim gegangen."

„Ja. Dem Rampersberg und dem Amar. Ich kann's den beiden nicht einmal verübeln."

„Dass sie uns hier hängen lassen wie zwei tote Ochsen auf dem Fleischerhaken, das verüble ich ihnen sehr wohl."

Wie zur Bestätigung der Worte Polivkas ertönt vom Kahlenberg her ein tiefes Donnergrollen. Eine Windbö streift den Turm; die Stahlseile, an denen der Metallkorb baumelt, singen wieder.

„Allerdings", flüstert der Lemming. „Und dass ich nicht dabei zuschauen darf, wie sie den Gallotard ... Herrgott!"

Er kann den Schrei nicht unterdrücken: Vor seinen entsetzten Augen scheint die Fensterfront zurückzuweichen, so als zöge eine unsichtbare Macht den Korb nach hinten, weg vom Turm und damit weg von jeder Stütze, jedem Halt und jedem letzten Hoffnungsschimmer, den es in diesem verfluchten Schrottgestell noch gibt.

Auch Polivka schreit auf, schockiert vor allem durch den Schrei des Lemming. Jedenfalls wird er das später steif und fest behaupten.

Es ist nämlich nur ein Fenster, das zurückweicht: jenes, durch das sie herausgeklettert sind. Und es weicht einfach nur zurück, weil es geöffnet wird.

„Jetzt reicht's mir aber!", zischt Georgette. „Was machen Sie da draußen? Und wo ist mein Mann? Und warum sind Sie überhaupt zu ihm gekommen?"

„Wegen eines Stellenangebots", sagt Polivka.

14

Glücklicherweise hat sich die von Polivka befürchtete spontane Darmentleerung in der Gondel nur als kapitale Flatulenz herausgestellt, als heiße Luft im wahrsten Sinn des Wortes. Auch sein Teint hat wieder die gewohnte rosige Schattierung angenommen. Etwas länger braucht der Lemming, um sich zu erholen. Verglichen mit Polivka ist er zwar noch immer etwas blass, aber neben Georgette sieht er wie das blühende Leben aus. Sie gibt ein Bild des Jammers ab, wie sie da schmal und eingefallen im Fond des Taxis sitzt, mit leeren, tränenlosen Augen.

Einfach ist es freilich nicht gewesen, sie von Gregors Schuld zu überzeugen. Zehn Minuten lang hat sie Polivka und dem Lemming spöttisch lächelnd zugehört, hat alle unscharfen Indizien genauso despektierlich weggewischt wie alle schlagenden Beweise. „Bitte kleben Sie sich Ihre falschen Bärte wieder ins Gesicht“, hat sie gesagt. „Mit denen haben Sie zwar wie die totalen Idioten ausgeschaut, waren aber eindeutig intelligenter.“

Etwas später hat sich dann anscheinend doch ein leiser Zweifel in ihr breitgemacht. Vielleicht hat sie sich plötzlich an die eine oder andere vergangene Irritation erinnern können, eine fragwürdige Geste oder Randbemerkung Gregors, noch in der Sekunde schöngefärbt und eingesponnen in den schützenden Kokon ihrer Verliebtheit. Und als sich der Lemming, einer plötzlichen

Eingebung folgend, an den Schreibtisch gesetzt hat, um auf Gregors eingeschaltetem Computer nach Indizien zu suchen, hat sie ihn gewähren lassen.

Lange hat die Suche nicht gedauert. Schon nach drei Minuten hat der Lemming den Beweis gefunden:

Spiel 77 – Infos Georgette

Girelli, Marie, geb. 2. 2. 2005 (Mödling)
Mutter Giulia Girelli, Lokalbesitzerin („Café Girelli") und Bezirkspolitikerin (Grüne), Vater Nikolas Horn, Lokalbesitzer.
Georgette hatte M. im Schuljahr 2017/18 im Schebesta-Gymnasium. Klein gewachsenes Mädchen, schwarzhaarig, unauffällig, leicht anämisch. Jabberpal-Alias: Girelligirl
Ziel: Giulia Girelli
Stichwort: Asylanten, Gender, Wirtshaft, Soziales, Rauchen

Rösler, Emil, geb. 14. 11. 2007 (Innsbruck)
Vater Walther Rösler, Klimatologe und Herausgeber („renew"), Aktivist gegen geplante Obsoleszenz und Förderung fossiler Energie. Mutter Emma Rösler, 2010 verstorben.
Georgette hatte E. im Schuljahr 2016/17 im Gymnasium Schustergasse. Dicklich, rothaarig, bei seinen Mitschülern beliebt, Asthmatiker. Jabberpal-Alias: E-Man007
Ziel: Walther Rösler
Stichwort: Klimapolitik, Wirtshaft, Soziales

Rampersberg, Mario, geb. 24. 2. 2008 (Wien)
Vater Kurt Rampersberg, Regisseur („Regen des Hasses, Traufe des Zorns"), Mutter Elsbeth Rampersberg,

Psychologin, 2017 von einem afghan. Flüchtling (Milad Hadid) vergewaltigt und totgeschlagn.
Georgette hatte M. im Schuljahr 2017/18 im Schebesta-Gymnasium, 2018/19 im Gymnasium Schustergasse. Klein, blond, angeboren Gaumenspalte, schüchterner Charakter, daher in der Schulhackordnung ganz unten. Schimpfname Hasenfratze! Jabberpal-Alias: Broodalkiller
Ziel: Kurt Rampersberg
Stichwort: Asylantn, Soziales

Bilmen, Arslan, geb. 27. 6. 2006 (Izmir)
Vater Ramasan Bilmen, Botschaftssekretär ...

Die Liste war zwölf Seiten und fast siebzig Namen lang und sie umfasste ausnahmslos Mädchen und Buben aus den Kursen, die Georgette gehalten hatte. Kinder, deren Eltern Schlüsselpositionen innehatten oder im Zusammenhang mit strittigen gesellschaftlichen Fragen in der Öffentlichkeit standen. Regungslos hat Georgette auf den Monitor gestarrt; die einzige Bewegung hat, wie es dem Lemming schien, in ihrem Kopf stattgefunden: ein verzweifeltes gedankliches Durchforsten aller Schleichwege, auf denen sie der bitteren Wahrheit noch entkommen konnte, aller noch so weit herbeigeholten Ausflüchte, mit denen Gregors Schuld sich leugnen oder wenigstens relativieren ließ. Aber schließlich hat sie aufgegeben. Sie hat sich vom Bildschirm abgewandt, wie man sich abwendet, wenn vor einem die ganze Welt zusammenbricht.

„Sie glauben also wirklich", sagt sie jetzt im Taxi, „dass ihn der Rampersberg zu Tode foltern will?"
„Hunde, die bellen", beeilt sich Polivka, sie zu beruhigen, „beißen nicht."

„Hunde beschützen ihre Welpen“, antwortet Georgette. „Und Menschen werden zu Bestien, wenn ihren Kindern jemand wehtut. Das ist schon in Ordnung; Sie sollten mich nicht missverstehen: Ich mach mir keine Sorgen um den Gregor, ich will nur, dass mir der Rampersberg noch etwas von ihm übriglässt. Ich will nicht auf sein Grab spucken, Herr Polivka, sondern in sein Gesicht.“

Der Lemming lässt den Blick über die rasch vorbeiziehenden Häuserzeilen gleiten. So viel Schmerz, denkt er. Kann es ein Spiel geben, das nur Verlierer kennt? Wohl kaum. Sogar das schlimmste Spiel – der Krieg – hat seine Profiteure. Nicht die Menschen, die ihn ausfechten, noch nicht einmal die Staaten, die ihn führen, sondern die Leute, die man niemals zu Gesicht bekommt, die Männer hinter schallgeschützten Türen und dunklen Fensterscheiben, die den Hass schüren, ohne selbst zu hassen, und die Liebe töten, weil sie selbst nichts lieben außer Macht und Geld. Für sie gibt es kein Miteinander, sondern nur das goldene Kalb des so genannten *Wettbewerbs*, in dem sie alle anderen mühelos besiegen, weil sie mit gezinkten Würfeln spielen. Selbst die politischen Parteien sind nur Figuren auf ihrem Spielfeld, das Kapitalismus heißt. Mehr gelten, mehr erreichen, mehr besitzen wollen als die anderen: ein bizarres Hobby. Leider eines, das die Menschheit in den Abgrund stürzt.

Zeit für ein Lied. „I liaßert Kirschen fia di wochsen ohne Kern …“, lässt Klaras Klingelton den Lemming aufschrecken. Jetzt ist er also da, der Augenblick, vor dem er sich seit gestern Nacht so fürchtet, der Moment der Wahrheit. Dass ihn Klara nicht per Videoanruf kontaktiert, sondern auf die gute alte Art, ist dabei noch ein Glück: Seine belegte Stimme mag ein Hinweis auf die Katastrophe sein, doch seine abgekämpfte, schwermütige Miene ist die Katastrophe selbst.

„Ich bin so froh!“, eröffnet Klara das Gespräch. „Ich hab es grad im Internet gelesen; du bist rehabilitiert!“

„Ja ... Sag, wo seid ihr?“

„Noch im Weinviertel. Der Ben hat ewig lang geschlafen, und wir sitzen noch beim Frühstück. Es ist herrlich hier, so ruhig. Aber in einer Viertelstunde machen wir uns auf den Heimweg.“

„Warte, Klara. Ich muss dir was sagen.“

„Ja?“

„Ich ... will nicht, dass ihr schon zurückkommt. Ich ...“

„Ja, was denn?“

„Diese ganze Sache ... Ich bin so erschöpft. Ich tät gern ein paar Tage Urlaub machen. Draußen in Herrnbaumgarten, mit euch. Was meinst du?“

„Das wär großartig, aber ... Was ist dann mit der Schule?“

„Auf die Schule wird gepfiffen. Oder willst du unseren Sohn mit Masern in die Schule schicken?“

„Masern? Ach, du meinst ...“

„Vielleicht auch Durchfall oder Läuse, etwas in der Richtung.“

„Ich versteh schon. Aber hast du nicht dem Ben versprochen, dass du diese Mama 77 findest?“

„Hab ich.“

„Und?“

„Der Polivka und ich, wir sind noch bis vor Kurzem in der Luft gehangen, aber spätestens in ein, zwei Stunden wird der Fall erledigt sein. Und dann mach ich mich auf den Weg zu euch.“

„Ich freu mich, Poldi. Sehr. Kannst du, bevor du losfährst, in der Roterdstraße noch die Blumen gießen?“

„Ja ... Okay ... Dann bis heut Abend.“

Ein paar Notlügen für ein paar Stunden Galgenfrist: Es ist ein akzeptabler Handel. Dass sich Polivka jetzt zu ihm umdreht und ihn tadelnd ansieht, hält der Lemming aber für einen zu hohen Preis.

„Was ist denn?“, faucht er. „Hat der Hiob seine Unglücksbotschaften vielleicht am Telefon gekriegt? Ich will der Klara in die Augen schauen, wenn sie's erfährt. Und auch dem Ben. Das ist das Mindeste. Man macht nicht telefonisch Schluss, auch nicht mit einem Haus!“

„Schon gut“, gibt Polivka zurück. „Ich glaub, du kannst den Urlaub wirklich brauchen, Wallisch. Und das Gute dabei ist, du musst ihn dir nicht einmal nehmen. Oder hat der Stropek dich inzwischen angerufen?“

„Nein.“

„Der Schröck mich auch nicht. Vielleicht setz ich mich heut Abend in den Nachtzug nach Paris, da könnt ich morgen schon bei der Sophie in Amiens sein. Fragt sich, ob ich überhaupt noch eine Rückfahrkarte kaufen soll.“

„Sag's mir beizeiten“, brummt der Lemming. „Wenn du nicht zurückkommst, kann ich mit der Klara und dem Ben zu deiner Mutter ziehen.“

„Da seid ihr in der Brandruine besser aufgehoben.“

Seit Minuten hat Georgette kein Wort von sich gegeben. Regungslos sitzt sie neben dem Lemming und starrt auf den Boden wie ein reumütiger Angeklagter im Gerichtssaal. Jetzt aber bricht sie ihr Schweigen. „Hoffentlich“, sagt sie, ohne den Kopf zu heben, „renkt sich für Sie beide alles wieder ein. Ich fühl mich so beschmutzt. So schuldig. In gewisser Weise bin ich das ja auch.“

„Nein, sind Sie nicht.“ Der Lemming legt begütigend die Hand auf ihren Unterarm. „Ihr Mann ist ...“

„Bitte nennen Sie ihn nicht so“, unterbricht Georgette.

„Entschuldigung. Also der Gregor ist so etwas wie ein menschliches Chamäleon, ein Meister der Verstellung. Und das war er offenbar auch Ihnen gegenüber. Woher hätten Sie denn wissen sollen, auf wen Sie sich da einlassen? Wie lange kennen Sie ihn überhaupt?"

„Eineinhalb Jahre. Seit Oktober 2017."

„Interessant", sagt Polivka.

„Wieso?"

„Weil da die Nationalratswahlen waren. Sie haben sich damals nicht als Einzige verwählt."

„Und es war nicht der einzige Beginn einer unseligen Verbindung", nickt der Lemming. „Mit dem Unterschied, dass die Regierungspartner ganz genau gewusst haben, mit wem sie sich ins Bett legen; die können sich nicht von dem Mist reinwaschen, den der jeweils andere baut ... Sag, Polivka, glaubst du, hinter dem Märchen von dem Video, das der Gregor uns erzählt hat, steckt nur seine kranke Fantasie?"

„Entweder das oder die kranke Wirklichkeit", gibt Polivka vom Vordersitz zurück.

Die unvorhergesehene Rettung der zwei Männer scheint das drohende Gewitter demoralisiert zu haben, und so hat es sich noch vor der Stadtgrenze in Richtung Wolkersdorf verzogen. Über Hietzing strahlt ein wolkenloser Himmel, als Georgette, der Lemming und Polivka aus dem Taxi steigen. Polivka hat den Chauffeur in einer Seitengasse halten lassen; eine sehr vernünftige Entscheidung, wie sich kurz darauf herausstellt: Als der Lemming um die Ecke lugt, fällt ihm ein wohlvertrauter Umriss in die Augen, eine Silhouette wie das Standbild eines Pharaos.

Amar steht mit verschränkten Armen vor der Eingangstür der Villa Rampersberg. Amar hält Wache.

„Mist. Was tun wir jetzt?"

„Was du tust, weiß ich nicht", knurrt Polivka. „Aber ich werd deinen Afghanen Mores lehren." Behände schlägt er das Revers seines Sakkos zurück und zieht Gregors Revolver aus dem Hosenbund. „Den hab ich mir geschnappt, während du am Computer warst. Und jetzt schnapp ich mir den Amar. Schau zu und lerne, Wallisch."

Noch bevor der Lemming auch nur daran denken kann, ihn aufzuhalten, stürmt Polivka los. Er nimmt die etwa dreißig Meter bis zur Villa wie ein wilder Stier in Angriff, hastet mit gezogener Waffe auf Amar zu, brüllend, keuchend, rachedurstig, die personifizierte Wut. Amar wirbelt zu ihm herum; bemerkenswert, wie rasch der junge Mann die Situation erfasst, wie rasch er reagiert, wie rasch das Springmesser in seiner Hand liegt.

So ein Messer mag ja einem Colt in manchem überlegen sein. Im Aufschneiden der Frühstückssemmel beispielsweise. Aber eine Semmel aufzuschlitzen, die sich außer Reichweite befindet, ist ein Kunststück, das nicht einmal der erfahrene Amar beherrscht. Er zögert einen Augenblick, begreift, dass er mit Spatzen schwerlich auf Kanonen schießen kann, und tritt den Rückzug an.

Zu spät.

Die Hand schon auf der Türklinke, wird er von Polivka zurückgerissen, strauchelt, rudert hilflos mit den Armen und fällt hinterrücks auf den Asphalt.

„Was machest ...", ächzt er.

„Gusch", sagt Polivka.

Ein zartes Wimmern steigt die Kellertreppe hoch. Es hallt gespenstisch von den Mauern wider, dünn und gläsern wie das Weinen eines Kindes. Keine Schmerzensschreie, kein Gebrüll, kein noch so leiser Anklang eines Wortgefechts, nur dieses Wimmern.

Langsam, Schritt für Schritt, schleichen der Lemming und Georgette in Rampersbergs Verlies hinab. Die

Stufen müssen in der Finsternis ertastet werden, erst am Fuß der Treppe wird ein schmaler Lichtstreif sichtbar, der durch einen Türspalt fällt. Es ist die Tür, die zum Gewölbekeller führt. Es ist die Tür, durch die das Wimmern dringt.

Polivka ist im Erdgeschoß geblieben, um Amar in Schach zu halten. In Ermangelung einer Rolle Klebeband oder eines an Drahtseilen baumelnden Metallkorbs hat er den Gefangenen mit vorgehaltenem Revolver in die Küche eskortiert, um sich von ihm einen Kaffee kochen zu lassen. Manchmal ist es schwer, bei Polivka zwischen Genie und Wahnsinn, Chuzpe und Verwegenheit zu unterscheiden.

Angesichts der grundverschiedenen körperlichen Fähigkeiten ihrer Kontrahenten hat der Lemming Polivka den silbernen Revolver überlassen und stattdessen nur das Springmesser an sich genommen. Anders als der kräftige Amar sollte der alte Rampersberg nicht schwer im Zaum zu halten sein ...

Und wieder dieses Wimmern. Mit den Fingerspitzen drückt der Lemming sanft gegen die Tür.

Im Kellerraum herrscht schummrige Beleuchtung: ein paar Kerzen und die nackte Glühbirne über Amars bescheidenem Feldbett. An den beiden Säulen, die das Gewölbe stützen, stehen einander zwei Gestalten gegenüber, beide nur als Umriss wahrzunehmen, beide regungslos und in gebeugter Haltung. Auf dem Boden schimmern feuchte Flecken, reflektieren das schwache Licht, es riecht nach Schweiß, Urin und Blut. Man weiß nicht, wer hier der Gefangene ist und wer der Folterknecht.

Das Wimmern geht jetzt in ein tiefes Seufzen über, und der linke der zwei Männer hebt den Kopf.

„Ich kann es nicht", flüstert Kurt Rampersberg. „Ich schaff es einfach nicht." Er hebt den Arm – der Lemming kann erkennen, wie viel Kraft ihn diese Geste kostet – und zeigt auf den Boden. Vor den Füßen seines Gegenübers liegt ein dunkles längliches Objekt, nicht länger als die Nacktschnecken, die sich in Ottakring nach jedem Sommerregen im Gemüsebeet versammeln.

Rampersberg schluchzt auf. „Das Klebeband ... Ich hab's ihm abgenommen, und sofort hat er sein Drecksmaul aufgerissen. Hat sich aufgespielt und groß herumgetönt, von wegen, dass er ja dem großen Ganzen dient und dass ... und dass der Mario zwar nicht sterben hätte sollen, aber ein notwendiges Opfer war!" Das Schluchzen schwillt zum Brüllen an; Rampersberg scheint neue Kraft aus seiner Wut zu schöpfen. Er löst sich von der Säule und hebt die geballten Fäuste. „Dass er mich mit seinen Hasspostings aus der Reserve locken wollte, um die öffentliche Diskussion über das Flüchtlingsthema anzufachen! Was für eine zynische Bezeichnung dafür, den Pöbel aufzuhetzen! Eine Viertelstunde lang hat er mich vollgequatscht mit seinem seelenlosen, asozialen Dreck! Am Ende hat er sogar noch die Stirn gehabt, mir einen Job in seiner Firma anzubieten!"

Rampersberg hält inne, wie um die Geschehnisse vor seinem inneren Auge zu rekapitulieren.

„Da hab ich ihm die Zunge rausgeschnitten", sagt er dann. „Aber zu mehr war ich nicht fähig; alles andere, was ich ihm antun wollte, hab ich nicht mehr über mich gebracht. Was soll es auch für einen Sinn haben, den Körper für Verbrechen zu bestrafen, die der Geist begangen hat? Zeigen Sie mir das Instrument, mit dem ich ihm die Seele amputieren kann, und ich tu es. Bitte! Bitte zeigen Sie es mir!"

Verzagt blickt Rampersberg zu Amars Feldbett, auf dem eine Handvoll Werkzeuge bereitliegt: Sägen, Zangen, eine Bohrmaschine, ein paar Schraubenzieher und die blutbefleckte Gartenschere, die er offenbar dazu verwendet hat, Gregor die Zunge aus dem Mund zu schneiden.

„Und Ihr Film?“, bemerkt der Lemming zögernd. „Ist der nicht ein Instrument, mit dem Sie Menschen ändern können?“

„Dieser Film“, erwidert Rampersberg, „war einfach nur ein Fehler. Weil er nicht gehetzt und niemanden verhöhnt hat, sondern aufgezeigt, was ist – und was sein könnte. Wie die Dinge besser funktionieren, die Menschen besser miteinander umgehen könnten. Dieser Film hat nicht gehasst, und eben deshalb hat er nicht das Mindeste bewirken können, außer meinen Sohn zu töten. Weil die Menschen gar nicht besser miteinander umgehen wollen. Sie wollen es nicht! Sie wollen das Faustrecht, wollen das Recht des Stärkeren, solang sie glauben, selbst die Stärkeren zu sein. Und wenn sie dann am Ende trotzdem unterliegen, jammern sie über die Ungerechtigkeit der Welt. So war es immer schon in der Geschichte, und so wird es immer sein. Mein Film ist machtlos gegen ein paar bösartige, primitive Botschaften im Internet.“

Kurt Rampersberg liegt leider richtig, denkt der Lemming, doch er hütet sich davor, es auszusprechen. „Nein“, sagt er, „so dürfen Sie nicht denken. Film, Literatur, Musik, die ganze Kunst, das alles macht uns doch zu besseren Menschen ...“

„Schweigen Sie, Herr Wallisch!“, fällt ihm Rampersberg ins Wort. „Verschonen Sie mich mit Ihren Klischees! Nein, besser: Schreiben Sie ein Buch! Ein Buch über den Tod vom Mario, über das Schwein da drüben, über die Geschehnisse der letzten Tage!“ Rampersberg verzieht den Mund zu einem abfälligen Grinsen. „Schreiben Sie ein Buch, und keiner wird es lesen, der nicht sowieso schon Ihrer Meinung ist. Sie werden niemandem, nicht einem Einzigen die Augen öffnen.“

„Aber ... Was haben Sie jetzt vor? Wie soll es weitergehen?"

„Am besten gar nicht", flüstert Rampersberg. „Es soll nur Schluss sein. Ich will, dass es endlich aufhört. Und ich weiß nicht, wie ..."

„Am besten mit Anstand, Herr Rampersberg. Am besten überlassen wir den Mann der Polizei."

„Die ihn dann laufen lässt, mich hinter Gitter bringt und den Amar postwendend nach Afghanistan zurückschickt."

„Warum sollte sie? Ich hab gesehen, dass sich der Kerl die Zunge selber abgebissen hat. Er ist von ganz allein hier aufgetaucht, um sich bei Ihnen für das Leid, das er dem Mario und Ihnen zugefügt hat, zu entschuldigen, und im Gespräch mit Ihnen haben ihn die Gewissensbisse übermannt. Er hat sich selbst verletzt, Sie können das doch auch bezeugen", wendet sich der Lemming zu Georgette.

„Natürlich", sagt Georgette. Sie steht bei Gregor, der jetzt leise stöhnt: ein Stöhnen, das sich nicht zwischen Benommenheit, Protest und Schmerz entscheiden kann. „Natürlich kann ich das bezeugen", wiederholt sie. „Werd ich aber nicht ..."

Zu spät bemerkt der Lemming, was Georgette getan hat: Gregors Fesseln sind gelöst; der Strick, mit dem er an der Säule festgebunden war, liegt auf dem Boden. Nur das Klebeband fixiert noch seine Handgelenke auf dem Rücken, als Georgette ihn durch die Tür stößt und er auf die Kellerstufen stürzt. Zu rasch, zu plötzlich spielt sich diese Szene ab, als dass sie zu verhindern wäre; schon fällt hinter Gregor und Georgette die Tür ins Schloss, schon wird der Schlüssel umgedreht, schon drischt der Lemming mit den Fäusten gegen die versperrte Pforte.

15

Die Hietzinger Hauptstraße liegt knapp hundert Meter von der Villa Rampersberg entfernt; noch einmal hundertfünfzig sind es bis zum Wienfluss, über den sich die Kennedybrücke spannt. Kein weiter Fußweg, aber weit genug für ein gespenstisches, bizarres Paar, um bei Dutzenden Schaulustigen Aufsehen zu erregen.

Vorne stolpert Gregor mit gebundenen Handgelenken, das Gesicht blutüberströmt – der Aufprall auf den Kellerstufen hat ihm auch noch einen offenen Nasenbeinbruch eingetragen –, hinten läuft Georgette mit wutverzerrter Miene. Wortlos stößt sie Gregor vor sich her wie einer dieser Mistkäfer sein Kackekügelchen. Doch Gregor kugelt nicht, er stürzt. Alle paar Meter stürzt er auf das Straßenpflaster, und Georgette packt ihn und zerrt ihn an den Haaren wieder auf die Beine. Er versucht, ihr zu entkommen, schlägt einen missglückten Haken, aber gegen die Entschlossenheit seiner erzürnten Frau hat er nicht die geringste Chance. Dass er beim nächsten Sturz nicht einfach auf dem Gehsteig liegen bleibt, nicht einfach aufgibt, statt sich wieder von ihr hochziehen zu lassen und die Hetzjagd fortzusetzen, mag in seiner Furcht vor einem noch viel schrecklicheren Gegner gründen: vor dem Mann, der ihm die Zunge aus dem Mund geschnitten hat. Sobald Kurt Rampersberg sich aus dem Kellerraum befreit hat, wird er sich mit Sicherheit an Gregors Fersen heften ...

Wieder stolpert er, prallt stöhnend auf den Boden, wieder zerrt Georgette ihn hoch.

Als sie das Hietzinger Tor passieren, das in den Schlosspark führt, ist Gregors rechter Arm aus dem Gelenk gesprungen, und durch die geplatzten Hosennähte schimmern seine rotweißroten, aufgerissenen Knie.

„Kuck doch mal, da!"

„Sore wa hidoi!"

„Bože môj!"

Die anderen Passanten zücken ihre Smartphones, um die Szene fotografisch festzuhalten. Keiner ruft die Polizei oder den Rettungsdienst. Dagegen registriert die *Jabberpal*-Zentrale in Fremont einen signifikanten Anstieg der lokalen Datenflüsse; eines der gedrehten Videos wird binnen vier Stunden mit hunderttausend Klicks und dreißigtausend Likes viral gehen.

Aber aus den Augen, aus dem Sinn: Kaum sind der schwer verletzte Gregor und die martialische Georgette gebührend abfotografiert, werden die Handys wieder weggesteckt. Und das, obwohl das nächste lohnende Motiv bereits im Anflug ist.

Nur einen Steinwurf weiter hinten legen sich vier Männer in die Kurve: vorneweg Polivka und der Lemming, die sich einen regelrechten Wettlauf liefern, knapp dahinter, von Amar schon mehr getragen als gestützt, Kurt Rampersberg.

Ein Springmesser ist eben nicht nur zum Tranchieren der Frühstückssemmel zu gebrauchen. Man kann damit auch ein Schloss knacken, zumal wenn es ein primitives Buntbartschloss in einer alten Holztür ist. Nicht einmal drei Minuten hat der Lemming an der Tür herumgeschnitzt, bis er und Rampersberg befreit waren, und sofort ist er ins Erdgeschoß hinaufgehastet. „Polivka!“, hat er gebrüllt. „Hast du sie abgefangen?“

Aber Polivka hatte die Flucht der Gallotards nicht mitbekommen, er ist mit Amar am Küchentisch gesessen und hat sich den Mokka schmecken lassen, den ihm der Afghane zubereitet hatte. Und weil seine Tasse noch halb voll war, als er – vom Gebrüll des Lemming aufgescheucht – ins Vorhaus gestürzt ist, hätte es ein einfacher Espresso auch getan. Im Nachhinein ist man fast immer klüger.

Gregor und Georgette nähern sich der Kennedybrücke. Auf den ersten Blick wirkt das Stationsgebäude auf der Brücke wie ein kleines Stadion; man könnte es für eine Tischfußballarena halten. Vielleicht hat die Ähnlichkeit der Worte *Stadion* und *Station* den Architekten dazu inspiriert, das flache Bauwerk mit einem ovalen Flugdach zu versehen, das noch vor sechzig Jahren für eine hoffnungsfrohe Zukunft stand, die längst vergangen ist.

Den Lemming inspiriert sein Anblick hauptsächlich dazu, das Tempo zu erhöhen. Nicht weil er die Gebäudeform mit sportlicher Betätigung verbindet, sondern weil sich die Erinnerung an das Drama wieder einstellt, das er vor drei Tagen hier erlebt hat. Daran, wie Marios Blick an seinem Handy festgefroren ist, an seine geschockte Miene und den Stopp der Straßenbahn in der Station, an die Verfolgungsjagd über die Fahrbahn und an den Moment, in dem der Bub die Arme gehoben hat. An das Geräusch des Windhauchs, als er aus der Jacke geschlüpft ist, und an dieses dumpfe Poltern, als sein kleiner Körper ...

„Warten Sie!“, ruft hinter ihm Kurt Rampersberg. Amar trägt Rampersberg jetzt wirklich auf dem Rücken, eine kleine, breite Dampflok inklusive Tender, und so schaffen es die beiden, halbwegs mit Polivka und dem Lemming Schritt zu halten. „Warten Sie auf mich!“

Aber der Lemming wartet nicht. Er drängt sich durch eine japanische Touristengruppe, läuft bei Rot auf die Schönbrunner Straße, weicht im letzten Augenblick einem vorbeifahrenden Auto aus. Er hastet schnurstracks auf die Stelle zu, an der die beiden Gallotards inzwischen stehen geblieben sind. Die Stelle am Geländer, an der Mario sein letztes *Lol* gesagt hat.

Auf dem Gehsteig haben unsichtbare Schwarmgeister ihre Devotionalien hinterlassen: Kerzen, Blumen, Spielzeug: ein paar Windräder und einen Teddybären. Aber kein Handy.

„Wenn Sie näher kommen“, ruft Georgette dem Lemming zu, „kann ich für nichts mehr garantieren!“

Als ob sie andernfalls für irgendetwas garantieren könnte, denkt der Lemming. Trotzdem zügelt er jetzt seine Schritte und hält an, fünf Meter vor Georgette und Gregor, dessen Augen schreckgeweitet in den Himmel starren. Georgette hat einen Arm um seine Brust gelegt und biegt ihn rücklings über das Geländer, seine Schuhspitzen berühren gerade noch den Boden. Gregor lallt und jammert wie ein Delirant, das Blut zittert in glänzenden, blassroten Blasen über seinen Lippen, und Georgette hält ihm mit ihrer freien Hand den Mund zu.

Sie ist es, die jetzt das Sagen hat.

Georgette spricht mit verhaltener Wut, so leise, dass der Lemming nur den einen oder anderen Wortfetzen verstehen kann. „Alles nur Betrug ...“, hört er sie zischen, „eineinhalb verdammte Jahre lang ... Von Anfang an ...“ Erst als sich Polivka zu ihm gesellt, wird ihre Stimme lauter, und als wenig später auch Amar neben ihm stehen bleibt und Kurt Rampersberg von seinem Rücken klettern lässt, gerät Georgette, von ihren eigenen Worten angefeuert, endgültig in Rage.

„Nicht nur mich!", schreit sie. „Nein, meine Kinder hast du ausgenützt! Du schäbiges Stück Dreck! Man sollte dir nicht nur die Zunge, sondern auch die Hände abschneiden, mit denen du den Buben in den Tod getrieben hast! Man sollte dir dein krankes Hirn rausschneiden! Und den Schweinen, die dich angeheuert haben, gleich dazu! Da, schau!" Georgette packt Gregor an den Ohren und dreht ihm grob den Kopf zur Seite. „Schau, da unten! Da ist er krepiert, der Kleine! Halt dein Maul, ich weiß schon, was du sagen willst! Er war ja nur ein Name in der Liste, die du dir von meinen Schülern angelegt hast. Nur ein Auftrag, nichts Persönliches! Dann ist ja alles gut, nicht wahr? Nicht wahr?"

Sie schüttelt ihn, als wäre er zu einer Antwort in der Lage. Seine Arme, eingeklemmt zwischen dem Rücken und der Kante des Geländers, zucken, seine Füße schweben eine Handbreit über dem Asphalt. Nur eine winzige Verlagerung des Schwerpunkts noch, und Gregor hat für alle Zeiten ausgepostet.

Es ist Polivka, der nicht mehr länger zusehen kann. Während Amar und Rampersberg still dastehen und der Szene folgen, geht er langsam auf Georgette zu wie ein Matador auf den erzürnten Stier.

„Sie müssen ihn jetzt loslassen, Frau Gallotard", sagt er. „Sie sollten sich nicht unglücklicher machen, als Ihr Mann es schon getan hat."

„Nennen Sie ihn nicht so!"

Gregors Beine rudern in der Luft, ein Schuh löst sich von seinem Fuß und kullert in den Straßenstaub.

Polivka hebt begütigend die Hände. „Haben wir nicht erst gestern über Wertvorstellungen gesprochen? Über

Menschlichkeit und Humanismus? Wollen Sie das jetzt einfach über Bord werfen?"

Ein armseliges Argument, nicht besser, als einem Betrunkenen von den gesellschaftlichen Vorteilen der Abstinenz zu predigen. Und trotzdem hält Georgette nun inne. „Ich habe an diesen Mann geglaubt", sagt sie, und ihre Stimme ist mit einem Mal erschreckend ruhig. „Ich habe ihm vertraut, wie man als Bergsteiger dem Seil vertraut. Natürlich kann ein Seil auch reißen. Aber dieses Seil ist nicht gerissen, nein, es hat nie existiert. Es war nicht mehr als das Versprechen eines Seils: ein mörderisches, schändliches Versprechen. Und jetzt hänge ich über dem Abgrund, ohne jeden Halt. Es ist so ein ... so ein beschissenes Gefühl."

„Das ist verständlich. Aber wollen Sie wirklich für die nächsten zwanzig Jahre ins Gefängnis? Wegen eines nicht vorhandenen Seils?"

„Was soll ich denn stattdessen machen?"

„Klettern Sie", sagt Polivka.

Georgette starrt eine Weile vor sich hin. Nimmt dann den Arm von Gregors Brust und lässt ihn auf den Boden gleiten. Er gibt keinen Ton von sich, als er sie ansieht. Und er gibt auch keinen Ton von sich, als sie die Lippen spitzt und ihm brüsk ins Gesicht spuckt.

„Kommen Sie", sagt Polivka. Georgette nimmt seine ausgestreckte Hand und lässt sich von ihm fortziehen, fort von ihrem Mann, von Gregor Gallotard, nein, fort von Gregor Janisch, der einmal ihr Mann gewesen ist.

Die Lage scheint sich endlich zu entspannen. Bei Amar dürfte Georgettes Demonstration weiblicher Streitbarkeit einen enormen Eindruck hinterlassen haben, er steht da, mit offenem Mund, und mustert den blutüberströmten Gregor, der apathisch an der Brüstung lehnt. Sogar Kurt Rampersberg wirkt jetzt gefasster als zuvor. Als wären seine Fantasien nun doch noch Wirklichkeit geworden, Rachefantasien, an deren Verwirklichung er selbst gescheitert ist. Als habe ihm Georgette die Arbeit abgenommen.

Wenn auch nicht die ganze Arbeit.

„Tun Sie mir einen Gefallen?“, fragt er den Lemming, der sich gerade daranmacht, die Notrufnummer in sein Telefon zu tippen.

„Bitte?“

„Ob Sie etwas für mich tun würden? Ich möchte, dass Sie das für mich verwahren.“ Er nestelt ein Kuvert aus seiner Jackentasche und streckt es dem Lemming hin.

„Was ist das?“

Rampersberg schenkt ihm ein Lächeln, kein verbittertes, sondern ein gütiges und weiches Lächeln, und dem Lemming wird bewusst, dass er den grauen, hohlwangigen Mann zum ersten Mal so lächeln sieht.

„Mein Testament“, sagt Rampersberg.

Dann läuft er los.

Mit einer ungeahnten Spannkraft schnellt er auf den immer noch benommenen Gregor zu, reißt ihn im Lauf mit sich und kippt, den Mörder seines Sohns umklammernd, über das Geländer. Eine U-Bahn nähert sich gerade aus dem Westen.

Durch die Menge der Passanten, die schon seit Minuten eine Menschentraube um die Szene bilden, geht ein Raunen.

Eine Frau schreit auf.

Die anderen zücken ihre Smartphones.

16

Fertilia, 3. 10. 2019

Verehrter Herr Wallisch!

Menschen werden zu Bestien, wenn ihren Kindern jemand wehtut, das hat die Georgette gestern zu mir gesagt. In diesem Sinne ist es so gekommen, wie es kommen musste. Wenn wir Kinder hätten, die Georgette und ich, dann würde ich es wohl nicht anders machen als der arme Rampersberg.

Wobei – und hier muss ich Sie um Stillschweigen bitten – das nur hypothetisch ist, das mit den Kindern. Wir sind weit davon entfernt, so etwas in Betracht zu ziehen, geschweige denn, es physisch anzubahnen. Dafür sind die Wunden noch zu frisch. Aber wir sind einander – rein platonisch – nah gekommen. Und wir streiten gern, mit einem Augenzwinkern. Vielleicht ist ja der Gedanke nur der Sohn des Wunsches, aber ich bilde mir ein, es knistert zwischen uns.

Ein anderes Zitat, diesmal von Goethe, kommt mir in den Sinn, wenn ich an Sie und Ihre momentane Lage denke: „Wer sich selbst und andere kennt, wird auch hier erkennen: Orient und Okzident sind nicht mehr zu trennen." Die Georgette hat mir erzählt, wie sich die Dinge nach den Todesfällen im Mai entwi-

ckelt haben. Dass Kurt Rampersberg tatsächlich seine ganze Habe dem Amar vererbt hat. Ich bin dem Amar ja nur bei Rampersbergs Begräbnis kurz begegnet, so ein zorniger, verzweifelter und aufgewühlter junger Mann. Er hat mit Sicherheit ein gutes Herz und einiges an Potenzial, und jetzt besitzt er auch noch eine Villa bei Schönbrunn. Im Internet, sagt die Georgette, haben unsere Mitbürger nur so geschäumt vor Wut und Neid, bei manchen Onlinezeitungen hat man sogar die Foren sperren müssen, weil der Hass der Kommentare nicht mehr zu ertragen war.

Aber zurück zu Ihnen: Wie mir die Georgette berichtet, sind Sie mit Ihrer Familie auch nach Hietzing in die Villa Rampersberg gezogen, bis Ihr Ottakringer Häuschen wieder steht. Amar sei Dank; ich sage ja, er hat ein gutes Herz! Schläft er denn immer noch im Keller, oder hat er sich inzwischen einen besseren Platz gefunden? Angefeindet wird er sowieso, da kann er auch im Herrenzimmer wohnen.

So gesehen (und auch in anderer Hinsicht) war das Video mit dem Vizekanzler damals auch von Vorteil: Frisches Futter für die Presse, und so haben die sensationsgierigen Geier den Amar nicht vollständig zerfleischt. Der Tod vom Mario war ihnen sowieso kein Wort mehr wert, und der vom Gregor und vom alten Rampersberg ist hinter den politischen Verwicklungen verblasst. Wenn so eine Regierung ihre Maske fallen lässt und ihr hässliches, von Geltungsdrang, Verschlagenheit und Machthunger zerfressenes Gesicht zeigt, treten andere Themen notgedrungen in den Hintergrund. Nicht, dass so etwas langfristig eine Veränderung bewirken könnte. Österreich war immer schon ein Hamsterrad, und seine Bürger sind die einzigen auf dieser Welt, die nichts aus ihren Feh-

lern lernen. Andere werden aus Schaden klug, die Österreicher werden aus Schaden dumm und dümmer. Wahrscheinlich ist ihnen fad, sie brauchen den Skandal, und deshalb heben sie denselben Heldentypus immer wieder auf den Thron. Ich glaube, dass sie solche Videos noch möglichst oft im Fernsehen präsentiert bekommen wollen.

Auf jeden Fall dürften sehr viele Österreicher auf den nächsten Lotto-Jackpot hoffen. Oder auch auf eine Millionenerbschaft. Anders kann ich mir das Resultat der Nationalratswahl vor einer Woche nicht erklären. Ich meine, wer außer den Reichen sollte sich eine Regierung wünschen, die in erster Linie die Reichen protegiert? Haben Sie gewusst, Herr Wallisch, dass sich fast die Hälfte des gesamten Volksvermögens im Besitz der wohlhabendsten fünf Prozent befindet? Und wie viele Leute haben am letzten Sonntag die Partei gewählt, die diese Kluft nach Möglichkeit verbreitert und vertieft? Nicht fünf Prozent, sondern fast vierzig.

Dummheit zählt tatsächlich zu den bösartigsten Krankheiten: Am meisten leiden die an ihr, die nicht von ihr befallen sind. Aber gut, so funktioniert sie halt, die Mediendemokratie: Wer zahlt, schafft an. Man steckt ein paar Millionen in den Wahlkampf, und am Schluss steht wieder der Geschmeidige auf dem Podest.

Wie hat der polnische Dichter Stanisław Jerzy Lec zu Menschen dieses Schlags so schön gesagt?

„Die meisten Denkmäler sind hohl.“

Sie sehen, ich bin trotz meiner Medienallergie gut informiert. Ich habe ja auch nichts gegen die Tagesmeldungen, solange sie nicht von Computern generiert, erkauft, erpresst, gefälscht, kurzum erlogen sind.

Und trotzdem will ich Sie noch etwas fragen: Stimmt es eigentlich, dass Sie schon vor der Ausstrahlung von diesem Video auf Ibiza gewusst haben? Dass der Gregor es vor seinem Tod erwähnt hat? Die Georgette hat mir gesagt, es hat in seiner Firma ein paar Tage später einen Polizeieinsatz gegeben, eine Hausdurchsuchung, aber es waren keine Daten mehr auf dem Computer. Angeblich hat einer seiner Mitarbeiter alle Festplatten geschreddert, also auch die Liste mit dem Mario, der Marie Girelli und den vielen anderen.

Sie haben damals doch auf dem Computer nach einem Beweis gesucht, um die Georgette von Gregors Schweinereien zu überzeugen. Ist Ihnen da keine Ibiza-Datei ins Aug gestochen? Keine Requisitenliste, keine Storyboards, kein Filmchen? Zugegeben, meine Frage ist rhetorisch, weil Sie mir das ohnehin nicht auf die Nase binden werden. Und weil Sie ja jetzt an so etwas wie eine Schweigepflicht gebunden sind.

Natürlich hat mir die Georgette berichtet, dass Sie sich beruflich neu orientieren. Dass Sie vor Kurzem eine Detektei eröffnet haben. Gemeinsam mit dem Polivka! Sie sind also nicht mehr in Ihre alten Jobs zurückgekehrt. Wie heißt die Firma? Polpo? Ehrlich? Nichts für ungut, aber dieser Name ist doch sicher auf dem Mist vom Polivka gewachsen! Wissen Sie, was die Georgette und ich gestern gegessen haben? Polpo! Oktopus! Wir sind nämlich für eine Woche nach Sardinien gefahren. Die Weine hier sind köstlich, der Monica di Sardegna ein Gedicht!

So weit, so gut: Zeit für den heutigen Aperitivo. Der perfekte Augenblick, um diesen Brief zu schließen. Alles ist gesagt.

Ich wünsche Ihnen Glück, Herr Wallisch, und (Sie wissen, dass es mir nicht leichtfällt, das zu sagen) grüßen Sie den Polivka von mir. Er ist ein Arschloch, aber kein ganz übles Arschloch. So wie ich ein Kommunist bin, aber kein ganz übler Kommunist.

Ihr
Walter Zotti

Von ganzem Herzen danke ich folgenden Menschen für ihre hilfreichen Anmerkungen und Verbesserungsvorschläge:

Meiner Frau Julia Maetzl
Meiner Tochter Fanny Fritz
Meinem Sohn Maoui Slupetzky
Meinen Freunden Michael Kunz und Martin Zrost
Meiner Impresaria Dorothea Zanon
Meinen Lektorinnen Linda Müller und Nina Gruber

MIX
Papier aus verantwortungsvollen Quellen
FSC® C083411
www.fsc.org

Auflage:
4 3 2 1
2024 2023 2022 2021

HAYMON tb **295**

Ungekürzte Taschenbuchausgabe
Haymon Taschenbuch, Innsbruck-Wien 2021
www.haymonverlag.at

ISBN 978-3-7099-7942-6

Inhaltliche Betreuung, Lektorat: Haymon Verlag / Nina Gruber, Linda Müller
Projektleitung: Haymon Verlag / Nina Gruber
Buchinnengestaltung nach Entwürfen von: himmel. Studio für Design und Kommunikation, Innsbruck / Scheffau – www.himmel.co.at
Umschlag und Umschlagillustration: Katharina Netolitzky
Satz: Da-TeX Gerd Blumenstein, Leipzig
Autorenfoto: Julia Maetzl

Gedruckt auf umweltfreundlichem,
chlor- und säurefrei gebleichtem Papier.